中地雅之 編著

声が世界を抱きしめます

谷川俊太郎 詩・音楽・合唱を語る

東京学芸大学出版会

前奏曲

合唱

谷川俊太郎

ひとりで歌っています
小鳥のさえずりとともに
木々が聞いてくれるので
声はどこまでも空へのぼる

ふたりで歌っています
互いの声で歌を織って

冷たい風から心を守る
歌は生まれかわります

みんなで歌っています
見えない声のオーロラが
幻のように心に広がり
声が世界を抱きしめます

私の声ではありません
あなたの声でもありません
合唱の声は人間を超えて
宇宙の始まりに近づきます

（書き下ろし、二〇一八年三月）

声が世界を抱きしめます　目次

第Ⅱ楽章

詩と音楽が生まれるところ

第Ⅲ楽章

いつまでも終わらない歌が

合唱講座の作品を振り返って

声が世界を抱きしめます

本書は、二〇一七年十二月五日に東京学芸大学芸術館 学芸の森ホールで開催された合唱講座の記録（第Ⅰ・Ⅱ楽章）と、二〇一八年四月二十三日に谷川俊太郎氏の自宅で行われたインタビュー（第Ⅲ～Ⅴ楽章）から構成されています。
　また、新作書き下ろしの一篇、合唱講座で朗読・演奏された十篇、編著者選による既発表の十三篇、計二十四篇の詩が収録されています。

東京学芸大学合唱講座概要

講　　師　谷川俊太郎
第一部合唱　音楽教材演習受講生（指導・横山和彦　陣内俊生）
第二部合唱　音楽教材研究ゼミ受講生（指導・中地雅之）
　　　　　　合唱指導法受講生（指導・横山和彦）
企画・運営・進行　横山和彦（声楽研究室教授・現名誉教授）
　　　　　　　　　山内雅弘（作曲研究室教授）
　　　　　　　　　中地雅之（音楽科教育学研究室教授）

・本文中の詩の題名は「　」、書名・曲集名は『　』、楽曲名は《　》で示しています。
・本文中の［　］は編者注です。

第Ⅰ楽章

詩は音楽にあこがれる

合唱講座　第一部

それはすでに言葉ではない

詩が音楽になること

中地　みなさんこんにちは。本日の司会を務めさせていただきます、東京学芸大学音楽科教育学研究室の中地です。どうぞよろしくお願いします。

これより、谷川俊太郎先生をお招きして、合唱講座を開催したいと思います。本日は、谷川先生の詩によるさまざまな作曲家の作品を取り上げ、詩と音楽に関してのお話や自作の朗読をいただき、また学生の演奏を聴いていただくことになっております。

まず最初に、学生の合唱で先生をお迎えしたいと思います。《サッカーによせて》、木下牧子先生の作曲です。木下先生には、五年前の本学での合唱講座に講師としてお越しいただきました。中学校・高等学校でも広く歌われている作品です。

「音楽教材演習」受講生のみなさん（指揮・横山和彦先生）

サッカーによせて

けっとばされてきたものは
けり返せばいいのだ

ける一瞬に
きみが自分にたしかめるもの
ける一瞬に
きみが誰かにゆだねるもの
それはすでに言葉ではない
泥にまみれろ
汗にまみれろ

そこにしか
憎しみが愛へと変わる奇跡はない
一瞬が歴史へとつながる奇跡はない
からだがからだとぶつかりあい
大地が空とまざりあう
そこでしか
ほんとの心は育たない
希望はいつも
泥まみれなものだ
希望はいつも
汗まみれなものだ
そのはずむ力を失わぬために

けっとばされてきたものは
力いっぱいけり返せ

＊合唱《サッカーによせて》 作曲・木下牧子『アカペラ・コーラスセレクション』より
指揮・横山和彦

中地　それでは、あらためまして谷川俊太郎先生をご紹介します。
谷川　こんにちは。「先生」っていうの、やめようよ。先生じゃないんだから。
中地　教育界では、「先生」と付けるんですが、それでは今日は「谷川さん」と呼ばせていただきます。
谷川　はい。よろしくお願いします。
中地　谷川さんには、これまでに本学に何度かお越しいただいています。二〇〇三年の夏には、この芸術館ホールで、日本オルフ音楽教育研究会（ドイツの作曲家・音楽教育家カール・オルフの提唱することば・動き・音を関連づける音楽教育の研究団体）のセミナーのゲストとして、ご子息の谷川賢作さんと、詩の朗読とピアノのコラボレーションをお願いしたことがありました。また、本学の特別支援教育やドイツ文学の先生方と、一緒にお仕事をされたこともあったと伺っています。
谷川　ちょっとご縁がありますね。
中地　週末に風邪で体調を崩されたということですが、本日はそんなながお越しいただきました。ただ今の学生の演奏を聴いてのご感想をお聞かせいただけますか。
谷川　いやー、私はね、「詩は音楽にあこがれている」という立場なんですね。自分が書いた詩なのに。

会場　（笑）

谷川　こうやってコーラスで歌われると、もう全然自分の詩じゃないような気がするんですね。なんか素晴らしい作品じゃないかと思うんだけど。それはまったく音楽のせいなんですよね。

中地　いや、詩自体がまず素晴らしい……。

会場　（笑）

谷川　詩がね、素晴らしい。でも合唱がよくないっていうこともあるんですよ。今日は合唱そのものがすごくいい。だから、僕は劣等感を感じますね。歌われると。

中地　どちらも素晴らしい、ということでよろしいでしょうか。

会場　（笑）

中地　お褒めいただいたようなので、合唱の学生のみなさん、喜んでいいかと思います。ご自身の詩が音楽になるというのは、どういったお気持ちなんでしょうか。

谷川　基本的に嬉しいですね。われわれは文字で詩を書いていて、それが段々と印刷されて、紙の上にべったり寝ているわけじゃないですか、詩が。読んでもらえると、読んでくれた人の心の中で詩が立ち上がるんですけれども、それが、歌になったり音楽になったりすると、その活字から立ち上がるんですね、何かが。それが詩の内容だと思うんですけれども。だから、なんか、目で読む詩と耳で聴く詩とは全然違う次元に行くのがすごく嬉しいし、うらやましいです。

中地　合唱を通じて、谷川さんの詩に親しむ、じつは自分もそうなんですけど、詩集ではなくて音、ことば、音楽、そういったものから谷川さんの詩の世界に入っていくことがあると思います。ご活動のなかで、詩集とそれを超えていくことば、ということに関して何かお考えになっていることはありますでしょうか。

谷川　いっぱいありますけど。僕は結構詩集をいっぱい出しているんですけどね。それが本棚に、自分の詩が並んでいるんだけれど、それとは比べものにならないぐらいの譜面が家の書庫にはあって。譜面はわりと薄いでしょ？　だから平積みになっているんですよね。それがもう収拾がつかないくらい。譜面があるということは、ほとんどが合唱曲なんですよ。ですから僕は、はじめから合唱を意識して作詩したものはすごく少なくて、僕が書いた詩を作曲家のみなさんが合唱にしてくれているものが圧倒的なんです。その数があまりに多いものですから、僕の詩は活字で読んだことないけど歌ったよとか、聴いたよっていう人が結構多い。それは基本的に嬉しいんですけどね。

中地　たとえば、「朝のリレー」というコマーシャルで使われた詩も、やはり文字を超えて広く知られるようになった詩かと思います。

谷川　そうですね。

中地　谷川さんの詩にどんな音楽が作られているか、二十年ほど前に、ＪＡＳＲＡＣ

（日本音楽著作権協会）に問い合わせたことがあったんです。担当者が困ったぐらい、多くの音楽が谷川さんの詩から作られていました。今日は、そのような作品の中から十篇ほど、朗読とお話を交えながら、合唱曲を聴いていただきたいと思います。

音楽がまず僕の一番の基本にあります

音楽との出会い

中地　以前、日本音楽教育学会のジャーナル（Vol.12 No.1、二〇一四年）で、谷川さんにインタビューをお願いしたとき、谷川さんの詩の源泉は〝音楽と自然だ〟とおっしゃっていたことが強く印象に残っています。

谷川　僕は、詩がなくても生きていけるんですよ。でも音楽がなかったら生きていけない人間なんです。それは子どものころからだいたいそうで。とくに思春期以後、自分の感性がちょっと拓けてきたときに、まず感動したのはクラシックの音楽ですね。で、そのずっと後になって、詩の魅力っていうのに気づいたんじゃないかな。だから音楽がまず僕の一番の基本にありますね。

中地　詩を書かれる前から、音楽のほうに心が動かされていた。

谷川　うん。よくしゃべっているんだけど、これは。太平洋戦争、第二次大戦中ですね、僕が音楽に目覚めたのは。当時、戦争のニュースってのがあるんですけど、戦争に勝っていると《軍艦マーチ》っていう、すごい勇ましいマーチが流れてから、ニュースが始まるのね。でも、これが負けているんじゃないかってときには《海ゆかば》なんですよ、信時潔の。僕が音楽に感動した一番最初は、信時さんの《海ゆかば》ですね。信時潔はドイツで勉強した人だから、ハーモニーなんかも完全にドイツ音楽的で。僕はことばなんかどうでもよくてね、「海ゆかば　水漬づく屍」なんてのは。もっぱらメロディーとハーモニーに感動していたと思いますね。

中地　《海ゆかば》に関しては、『月光の夏』（神山征二郎 監督、毛利恒之 脚本、一九九三年）という映画の、戦時中の場面を日本音楽教育史の一環として学生に見せるんです。佐賀県で実際にあった話に基づいた映画なんですが、特攻隊員が出撃前にピアノをもう一回弾きたいと探して、鳥栖の国民学校でベートーヴェンの《月光ソナタ》を演奏する。その後に子どもたちが《海行かば》を歌う場面があるんです。

谷川　あれ名曲ですよね。《海ゆかば》って。

中地　当時の歌詞の解釈はともかく、音楽としてですね。

谷川　僕は《海道東征》という曲も好きなんだけど、ご存じ？　信時潔さんが紀元二六

○○年の記念に作った相当膨大なカンタータですね、シンフォニーとコーラスと独唱があって。たしか北原白秋の詩だったと思うんですけれども、それを僕はSPレコードでずっと聴いてましたね。

中地　谷川さんの詩には、クラシックの音楽では、今日これから歌います「生きる」の中にヨハン・シュトラウスが出てきます。『モーツァルトを聴く人』(小学館、一九九五年)という詩集もありますし、「ベートーヴェン」という詩もあります。どういった作曲家の作品をよくお聴きになりますか。

谷川　まず、最初はベートーヴェンですよね。それからみなさんご存じかどうかわからないけど、安川加壽子さんっていうフランス系のピアニストの方がいまして。僕はむかし、安川加壽子さんの家の崖の下の掘っ建て小屋に住んでいたことがあるんですね。安川さんは「安川電機」っていう大きな会社の方だったわけ、旦那様がね。で、掘っ立て小屋に住んでいると、上から安川加壽子さんのピアノの練習の音が毎日毎日聞こえるわけですよ。それは最初のうちは素晴らしかったんだけれども、だんだんやっぱり聞き飽きてくるんですね。それで、ちょっとうるさくなってくるわけ。で、それはショパンだったんですね。だから、ベートーヴェンの次はなんとなくショパンから洗礼を受けたけど、ショパンは本当に好きにはならなかったような気がします。あとは、どうなんだろうな。わりと本当にクラシックを系統的にではなくて聴いていましたからね。モーツァルト、バッハというのはベートーヴェンと並んでずっと聴いていました。一時、ロマン派なんかも聴いたし、それから今、たとえばエルガーなんていうイギリスの作曲家も聴き始めて、その中に好きな曲があったり。ちょっといい加減な聴き方ですけど。でも、やっぱりクラシックですね。

中地　幅広くクラシックも聴かれているのですね。補足しますと、安川加壽子さんは、ドビュッシーの楽譜の校訂でも知られていて、フランスのピアノ音楽を戦後の日本に紹介したピアニストです。私も子どものころにレコードを聴いていました。

谷川　安川加壽子さんの家で、グランドピアノの下で聴いたことあるんですよ。

中地　小学校で子どもがよくやる。

谷川　そのときは小学生ではなかったんだけれども。

会場　（笑）

谷川　いやあ、迫力がありましたね。彼女、フォルテシモを弾くときに指を二本重ねて弾くことがあるのが印象的でしたね。単音を弾くときに。

中地　いろいろなお話から、詩を作られる以前からのさまざまな音楽の体験が、まず詩を作る心を生み出したということでしょうか。

谷川　明らかにそうだと思います。今でも、なんかの音楽を聴いて感動して、それがことばになるっていう経験があります。

中地　子どものころに良い音楽に触れ合うことから、大詩人が生まれたのですね。みなさんも「音楽教育は必要ない」などと言わずに、子どものころからいろいろな音楽に触れられるようにしていただければと思います。

会場　（一部から拍手）

中地　さて、ここで先ほど学生が歌いました「サッカーによせて」を朗読していただけますでしょうか。

谷川　最初に断っておくと、サッカーって見たことも、したこともないんですよね。

会場　（笑）

谷川　詩というのは、詩人の実地体験から生まれるものっていうことは、当然あるんですけれども。その実地体験っていうのは「生きている」ということが基本的にあるわけで。細々とね。例えば、お料理が好きだから料理の詩を書くとか、そういうことはないんですね。僕は、だいたい若い頃から注文されて詩を書いてきたわけなんで。サッカーの詩を書けって言われて書いたのが、この詩です。ただ、サッカーについて知っているのは、ようするに〝蹴っとばす〟球技であるっていうことだけだから。今ねえ、すごい人気だけれども。ぜんぜんわかりません。

＊朗読　「サッカーによせて」『どきん』収録

谷川　ありがとう。（拍手）

だれかがなにかをかくしている

子どもの世界と詩

中地　それでは二曲目に入りたいと思います。前作に引き続き子どもも読める詩集『はだか』（筑摩書房、一九八八年）に収められている「ひみつ」です。この詩集をお読みになった方もいるかと思います。挿絵は、奥様でもあった佐野洋子さんが担当されています。

いわゆる「子どもの詩」を谷川さんはたくさんお書きになっていますが、そのときにどういったことを考えられているのでしょうか。大人の詩を作るときと、違う意識というものはありますか。

谷川　基本的に、あんまり変わりはないんですけど、赤ん坊から老人への人間の成長の具合を表すのに、だいたいみんな右肩上がりのグラフで行きますよね。それで、ある頂点でだんだん下がっていって、最後に死ぬところで終わりと。そういうかまぼこ型の曲線がわりと普通なんですけど、よく考えるとそうじゃなくて。僕は、木の年輪のように、真ん中に生まれたときの自分がいて、それからだんだん年輪が円環状に増えていって、最後の年輪のところが現在の自分である、とそういうイメージなんですね。だから子どもの詩を書くときにも、とくに子どもを読者として意識するよりも、自分の中に潜んでいて、もしかすると自分が抑圧しているかもしれない、子どもの自分というものをことばにしようというふうに意識しています。

中地　ご自身の中にいる、子どもの「根っこ」みたいなものを見つめていらっしゃると。

谷川　そうですね。でもそれはなかなかことばになりにくいんですけどね。

中地　以前、お読みしたものの中に、谷川さん自身の中に子どもみたいな部分がある、と。先ほどのピアノの話でもそれを思い出したんですけれど、そういった部分が詩に反映される、あるいは詩を作る源泉になることがあるんでしょうか。

谷川　自分の中の子どもの部分で書くほうが楽なんですね。それから、どうしても日本語の場合には漢字、ひらがな混じりで書きますよね。基本的に。で僕もだいたい基本的に詩はそれで書いているんですが。子どもを意識すると、どうしても漢字・漢語を避けるんですね。つまり、子どもにはわからないだろうと。それで、ひらがなで書くと。ひらがな表記というのはまた、自分の中の子どもの部分を誘い出すようなところがあるんですよ。ひらがな表記で書いたほうが日本語の音としてはきれいですしね。なんか変に漢字・漢語のもっている抽象性がないほうが、歌になった場合にもいいんじゃないか、ということはずっと考えてきましたね。

中地　以前、お読みしたものの中に「ひらがなの方が体に近い」「肉体的な響きを持っている」と。

谷川　それから暮らし、生活にも根づいているっていう感じがありますね。

中地　子どもが読む詩に漢字を使わないことで、むしろ身体に響くような詩になっているんですね。以前、指導学生の小学校での教育実習で国語の授業を参観したとき、谷川さんの「どきん」が取り上げられていたんです。クラス全体で動きをつけて読んだら、子どもたちがものすごく盛り上がって。

谷川　そうですか。

中地　「やっぱり天才的な作品だ」と思ったことがあります。

次に演奏する《ひみつ》ですが、全作がひらがなで書かれた詩集『はだか』からの一篇です。鈴木輝昭先生による作曲です。

合唱曲の自作詩を朗読

ひみつ

だれかがなにかをかくしている
だれかはわからないけれど
なにかもわからないけれど
それがわかればきっとなにもかもわかる
ぼくはいきをとめてみみをすました
あめがじめんにあたってぴちぴちいってる
あめはきっとなにかをかくしている
それをしらせようとしてふってくるのに
ぼくにはあめのあんごうがとけない
あしおとをたてないように

そうっとあるいてだいどころをのぞくと
おかあさんのうしろすがたがみえた
おかあさんもなにかをかくしている
でもしらんかおしてだいこんをおろしている
こんなにひみつをしりたがっているのに
だれもぼくになんにもおしえてくれない
ぼくのこころにはあながあいていて
のぞいてもくもったよぞらしかみえない

＊合唱《ひみつ》　作曲・鈴木輝昭　『ひみつ』より

指揮・陣内俊生、ピアノ・山本弥生

中地　演奏ありがとうございました。ひと言いただけますでしょうか。

谷川　これは自分が本当に幼いころの、実体験が基本となっていると思います。僕は一人っ子でね。すごい母親っ子だったんですよ。母親が死ぬのが何より怖くて。幼稚園から小学校の初めぐらいまで、母親がいないとすごく不安になっていたんですけどね。ここで書いていることも別に「ひみつ」とか、そういうことは関係なかったんだけれども、足音を立てないように、そっとお母さんのことをうかがう、なんていうのは実際に似たようなことをした経験がありますね。

あと、こういう子どもの気持ちになって書いたものっていうのは、たぶん大人にわりとアッピールするんじゃないか。というのは、社会生活のある大人っていうのは、だいたい自分の中の子どもの部分を抑圧しているわけですよね。で、その抑圧した部分を時々バーに行ったり、そこのマダムに甘えたりして、解放したりしてるんだけれども。それを詩に書いたり、たとえば作曲もそうだと思うんですけれども、自分の幼児的な部分をクリエイトすることで、ことばとか音楽をクリエイトすることで、解放できているというふうに思っています。だから、とてもある意味恵まれてるんじゃないですかね。アートに関係している人は。

中地　『はだか』という詩集を、大人になってから読んだんですけれど、子どもの暗い部分というか闇の部分みたいなものがいろいろとテーマになっているという印象を受けました。子どもは、はつらつとしていて元気、という部分は実際にあるんですけれど、子どもの内面には、もっと深い複雑なものもあるということを感じました。

谷川　そうですね。僕はだから、自分の子ども時代を暗黒時代だと思っています。したくてもやり方がわからない。たとえば、女の子を好きになるとするじゃないですか。どうしていいかわからないんですよ。今ならわかりますよ。

会場　（笑）

谷川　幼稚園児でね、なんかすごく早熟な子。あるいは、そういう社会で育った子は、もう、五―六歳でね、なんか、女の子を好きになったり、やり方がわかっているらしいんだけど。僕はそういう家庭で育っていなかったから。

中地　大人になってから、また子ども時代の体験を振り返ってみて作品になっていくのですね。子どものための作品というのは、音楽もそうですが、人によっては「子どもじみている」など、それを低く見たりするようなことも残念ながらあります。自分は学生に対しても「そうじゃない」というスタンスでいるんですけれど。詩も、子どもに向けて書いた詩だから、レベルが低いとかいうことはなくて、むしろ、人間の本質的なものがそこに現れているということがあります。

谷川　もちろん、そうですね。大人が読んで面白くなければ、子どもの詩なんかやっぱり面白くないと。ただ、子どもにはわかりにくい詩もあると思うんですね。自分が子どもになったつもりで書いた詩でも。でも、それは大人にとって自分の中の子どもを再発見する縁《よすが》になれば意味があるんじゃないかなと思っていますけれども。

中地　お聴きいただいてお感じになったと思いますが、鈴木輝昭先生の合唱曲は、すごく響きが難しいんですね。学生もおそらく今回歌う曲の中で一番苦労した曲じゃないかと思います。詩の内面に降りていくと、そんな簡単な音にはならない、ということかもしれません。

谷川　でも、バッハだって単純なことを繰り返して、素晴らしい音楽を書きますね。

中地　それもありますね。バッハは、一方でかなり複雑な音楽も作曲していますけれど。それは、谷川さんの詩でも同じでしょうか。
　それではここで、『はだか』から「ひみつ」を朗読していただきます。

＊朗読「ひみつ」『はだか』収録

中地　どうもありがとうございました。
　東京学芸大学では、学生が三－四年次に教育実習に行くのですが、ついこのあいだ、学校に行って、元気になって帰った学生もいれば、へこんで帰ってきた学生もいて。谷川さんの活動には、子どもが触れることばに関して、さまざまなものがあります。詩を超えて、絵本など、翻訳を含めてたいへんたくさんの作品があります。ここに『もこ　もこもこ』(元永定正　絵、福音館書店、一九七七年）を持ってきました。子どものころに読んだという学生がこのことばに作曲して課題を提出したこともありました。また、私もゼミの学生と絵本を図形楽譜（五線によらず音の高低や長さ等を記した楽譜）のようにして、即興演奏をしたこともあり、いろんな形で音楽活動と関連づけることができます。

また、『ピーナッツ』シリーズの翻訳です。じつは自分が最初に「たにかわしゅんたろう」というお名前を知ったのは、小学生のころに読んだスヌーピーのマンガだったんですね。ほかにも童謡《誰も知らない》(中田善直　作曲)、《月火水木金土日のうた》(服部公一　曲)、《鉄腕アトム主題歌》(高井達雄　作曲）も歌っていました。子どものことばの世界、子どもとことばのふれあいに関して、どのようにお考えでしょうか。

谷川　とくに、なんかある出来事があって変わったとか、そういうことはないんですけれども、子どもを意識しながら書いていると、やはり世界が少し違って見えますね。それから、さっきおっしゃってくださったけれども、この『はだか』という詩集は、私の元奥さんであった佐野洋子さんの描いたものの影響下で書かれているんですね。佐野洋子っていう人は基本的に散文作家なんですけれども、すごく批評的なことが中心にある人でね。僕なんかすごく、批評されたんですけれど。佐野さんが自分の幼いころのことをよく覚えていて、それを散文で書いたものを読んで、僕はこの『はだか』という詩を発想したんだと言ってもいいくらい。佐野洋子の一種の子どもの存在論的なリアリティっていうのかな。大人が解釈した子どもじゃなくて、子どもはただそこにいるだけ、生きているだけっていう手触りを佐野洋子っていう人は書けてたんですね、散文で。その影響下でできた詩だと思います。

中地　佐野洋子さんは『100万回生きたねこ』（講談社、一九七七年）の作者で、そちらを読まれた方も多いかと思います。前に佐野洋子さんの書いた「谷川俊太郎の朝と夜」（『続続・谷川俊太郎詩集』思潮社、一九九三年）というエッセイを読んで、大笑いをしたことがあります。このエッセイで、谷川さんの日常のいろいろな姿を読むことができます。

生きてるわたし生きてるあなた

朗読と合唱のコラボレーション

中地　それでは、次の二曲に移りたいと思います。《死んだ男の残したものは》、武満徹作曲・編曲です。次に、《生きる》、三善晃作曲です。「生きる」は絵本になったり、あるいは教科書に載ったり、mixiで連詩のようになったり、さまざまな形で広がりをみせている詩です。

先ほど谷川さんに、この二作を「詩と合唱のコラボレーション」として、朗読―合唱―朗読―合唱と、組曲のようにできないかとご提案しましたところ、ご快諾いただけました。「死と生」をテーマにした二曲で、今回の東京学芸大学の合唱講座でなければできない試みかと思います。

それでは、どうぞよろしくお願いします。

死んだ男の残したものは

死んだ男の残したものは
ひとりの妻とひとりの子ども
他には何も残さなかった
墓石《はかいし》ひとつ残さなかった

死んだ女の残したものは
しおれた花とひとりの子ども
他には何も残さなかった
着もの一枚残さなかった

死んだ子どもの残したものは

ねじれた脚と乾いた涙
他には何も残さなかった
思い出ひとつ残さなかった

死んだ兵士の残したものは
こわれた銃とゆがんだ地球
他には何も残せなかった
平和ひとつ残せなかった

死んだかれらの残したものは
生きてるわたし生きてるあなた
他には誰も残っていない
他には誰も残っていない

死んだ歴史の残したものは
輝く今日とまた来る明日《あした》
他には何も残っていない
他には何も残っていない

生きる

生きているということ
いま生きているということ
それはのどがかわくということ
木もれ陽がまぶしいということ
ふっと或るメロディを思い出すということ
くしゃみすること
あなたと手をつなぐこと

生きているということ
いま生きているということ

それはミニスカート
それはプラネタリウム
それはヨハン・シュトラウス
それはピカソ
それはアルプス
すべての美しいものに出会うということ
そして
かくされた悪を注意深くこばむこと

生きているということ
いま生きているということ
泣けるということ
笑えるということ
怒れるということ
自由ということ

生きているということ
いま生きているということ

いま遠くで犬が吠えるということ
いま地球が廻っているということ
いまどこかで産声があがるということ
いまどこかで兵士が傷つくということ
いまぶらんこがゆれているということ
いまいまが過ぎてゆくこと

生きているということ
いま生きているということ
鳥ははばたくということ
海はとどろくということ
かたつむりははうということ
人は愛するということ
あなたの手のぬくみ
いのちということ

＊朗読「死んだ男の残したものは」『谷川俊太郎詩集　日本の詩人17』収録
＊合唱《死んだ男の残したものは》作曲・武満徹『うた』より
指揮・横山和彦
＊朗読「生きる」『うつむく青年』収録
＊合唱《生きる》作曲・三善晃『木とともに人とともに』より
指揮・陣内俊生、ピアノ・藤田美優

中地　素晴らしい朗読と演奏をありがとうございました。東京学芸大学で、谷川俊太郎、武満徹、三善晃という三人の大天才と学生のコラボレーションが実現したということで、本学の歴史に刻まれるものだと思います。それでは学生の演奏、それから詩に関してお話しいただきたいと思います。

谷川　詩を書き始めたころ、合唱に対して偏見をもっていたんですね。さっきも言ったように、一人っ子で、母親っ子だったんで、一人でいるということが一番自分の通常の状態でね。人と一緒に何かをするというのが特殊な状態だったんです。合唱ということについて言えば、一番古い記憶は、僕の母は音大中退で、ピアノがうまくて、声も良くて、歌が好きだったんですね。自分の子どもとデュエットしたがるんですよ。ピアノもそうだし、歌も。男の子ってのは母親とデュエットしたいなんて、思わないものなんですよ。それが一つ、トラウマみたいになって。

人と一緒に声を合わせて歌を歌うってことから、なんかちょっと遠ざかりたいっていう気持ちがまずあったんですね。

それから詩を書くようになってからは、やはり詩というのは本当に一人で書くものであって。それから読者も、最初から複数の読者は考えないで、一人の読者と一対一で向かい合って書くもんだっていうふうに、自然に思っていたんですね。ですから、合唱っていうことを考えるときに、一つは、みんなで声を合わせて歌うっていうこと自体にすでに抵抗があったんです。一つは、自分が一人っ子だったっていうこともあるし、一つは僕が第二次大戦中に小学校、中学校時代を経験していて、声を合わせて何かを言うみたいな、あるいは歌うっていうことに抵抗感があったっていうこともあるわけです。

ある時期から音楽家の友達なんかもできたし、合唱曲の作詞っていう形で依頼されることがでてきたわけです。とくにＮＨＫでしたね。そのころ一人例を挙げると、湯浅譲二さんっていうクラシックの前衛の作曲家なんだけど、コーラスの作詞をするってなったときに、彼と相談して、声を合わすんじゃなくて、コーラスっていう多声、いくつかの声の間に潜んでいるドラマみたいなものを歌詞にしたいっていうふうに考えて。たしか問いと答えみたいなことでコーラスの作詞をしたこともあるし。〔湯浅譲二作曲『問い』全音楽譜出版社、一九八〇年〕

それからもう一つの問題は、コーラスになった場合、日本語が聞こえないといいうのがすごくあったんですね。今それはだいぶ少なくなったけど。当時はもうまったく、コーラスでは自分の書いた詩が聞き取れない、それがすごく残念で。だったら初めっから意味のある詩を書かずに、さっきも出ましたけどオノマトペですね。風の音とか。そういう擬音、擬声語ばっかりで作詞してみようということで、そういう曲も書いたこともあります。

そんな具合に、なんとなくコーラスっていうものに偏見を抱いていたんですけども、一つの転機は、一九六〇年代の半ばすぎに、一種の奨学金をもらってヨーロッパに行ったことがあるんだけど。そのときベルリンに非常に変わった形のコンサートホールがあって、そこでまだロシアになる前のソビエト連邦の赤軍合唱団というのを聴いたんですね。今はもうないんでしょうけども、その赤軍合唱団っていうのはもちろん元気のいい、革命的な歌を歌うんですけれども。僕はそこで一番感じたのは、ある一つの歌の終わり方のディミヌエンド（だんだん弱く）の美しさですね。それは、自分にとってはコーラスの一番美しいところだというふうに感じるようになって。その辺から少しコーラスっていうものに対する偏見がなくなってきていて。それからバッハの《マタイ受難曲》なんかを聴くと、あの中でことばとコーラスがまったく見事に一致して、本当にその部分だけで感動してしまうっていうところがあって。そんなところからコーラスに対する偏見がだんだんになくなってきた。今日、演奏してくださるんでしょうけども、注文に応じて、初めからコーラスを前提にして作詞をするようになっています。簡単に言うと、そんないきさつなんですけど。

中地　《死んだ男の残したものは》、これは時代的にはベトナム戦争が背景にあったのですね。

谷川　そうですね。ある市民団体からの委嘱で書いた、自分としては反戦歌という気持ちでしたね。

中地　ちょうど、うたごえ喫茶やうたごえ運動が盛んだった時代でしょうか。林光の合唱編曲もありますが、今回歌ったのは武満徹自身の編曲によるものです。自分がちょうど大学生のときにＣＤや楽譜が出た曲で、そのころを思い出しながら聴いていました。ことばも今回の合唱でははっきりと聴こえて……。

谷川　ちゃんと聴こえていましたね。

中地　ディミヌエンドはいかがだったでしょうか。

谷川　武満って、ああいうところ、すごいずるくてさ。曲の終わり方で泣かせるんですよね。シンフォニーでもそうなんだけども、なんか難しい音がなってたのが、最後がすごいきれいな協和音で終わるみたいな。そんなところに彼の人気の秘密があると思うんだけれども。今日のこれも、ことばが終わった後で、音楽が、綺麗な声が残っている。

中地　ハミングのコーラスですね。

谷川　ああいうところが、にくい感じがしました。

中地　最後の和音の演奏、そこで曲の良し悪しが決まるという。

谷川　僕の場合はそうなんですよ。終わり方っていうのはすごく大事だと思います。

中地　この二作品では、死ぬと生きるという二つのテーマが取り上げられて、曲順もそれを意識して配置しました。「生きる」は、mixi のコミュニティでトピックが立てられ、インターネットというメディアから、さまざまな広がりもみせました。多くの人の「生きる」がトピックに書き込まれ、連詩のような形で発展し、そこから詩集も出版されています（『生きる』KADOKAWA、二〇〇八年）。

谷川　作者としては意外な展開ですね。なんで人気があるのかっていうことを、加藤周一さん、もともとお医者さんなんだけど、非常に広く文化の批評のできる方だったんだけれども、日本人の感性の一番底にあるものを「今＝ここ」性（主義）というふうに言っているんですね。今という瞬間が大事で、ここという場所が大事で、すべてがそこから出発しているのが日本人の感性だと。それは僕にとっては本当に腑に落ちる、自分はまさにそうだっていう感じがするんですよね。それで、僕はもちろん過去をもっているし、未来を夢見ているわけですけれども。だいたい小学生のころから歴史が苦手でね。過去のいろんな事件を覚えたりするのが非常に苦手だったわけなんです。未来に過大に希望をもって「ああもしたい」「こうもしたい」、「ああもなりたい」「こうもなりたい」というのもあんまりなくて、わりと「今、ここ」というもののリアルな、今生きるはりあいを感じているところがあって。この「生きている」ということは、結局何も別に主張しないで、ただ、今人間は生きているんだってことしか言ってないわけなんですよね。だからメッセージとしては悪をちょっと避けるということが一つあるけれども、あとは全然、生きている今、ここっていうのをうたっているわけで。たぶん、それが日本人の感性の基本的なところに触れたんじゃないかなと。それが人気のもとかなって思っていますね。

中地　それが波紋として広がっていったと。「生きる」は、東日本大震災の後に、さまざまな形で朗読され、多くの人に力を与えた作品でもあったと思います。

谷川　そうでしょうね。はい。大きな災害なんかがあったときに、やっぱり詩というのは役に立ったりしているみたいですね。ウェブで見ていると。

中地　「生きる」に関連して、絵本もつくられています、先ほど触れたmixiの詩集では谷川さんを交えた対談も載っているので、興味のある方はさらにご覧いただければと思います。

あなたとおなじと
おもわないでください

合唱の声とことば

中地　次は、写真とのコラボレーションによる『子どもの肖像』（百瀬恒彦　写真、紀伊國屋書店出版部、一九九三年）という詩集です。この詩集は、詩と写真がセットになっているのですが、そこからの二篇です。一曲目は、信長貴富先生作曲の《かなしみはあたらしい》です。信長先生には、二〇一五年に本学の合唱講座にお越しいただきました。もう一曲は、本学の作曲研究室の山内雅弘先生による《いなくなる》です。この曲は、第一六回の朝日作曲賞を受賞し、二〇〇六年全日本合唱コンクールの課題曲として広く歌われたものです。最初に二篇の朗読をいただいて、その後、二曲続けて合唱の演奏をお聴きいただきたいと思います。

かなしみはあたらしい

わたしたちのかおから
めをそらさないでください
たとえわたしたちのめが
あなたをみつめていないとしても
あなたのきらいなだれかに
むけられているとしても

わたしたちのかなしみを
あなどらないでください
わたしたちはあなたのように

つかれてはいないから
かなしみはあたらしい
よろこびもいかりも

わたしたちのこころを
あなたとおなじと
おもわないでください

いなくなる

わたしたちは
いつか
いなくなる
のはらでつんだはなを
うしろでにかくし
おとうさんにはきこえない
ふえのねにさそわれて

わたしたちは
いつのまにか
いなくなる
そらからもらった
ほほえみにかがやき
おかあさんにはみえない
ほしにみちびかれて

＊朗読「かなしみはあたらしい」「いなくなる」『子どもの肖像』（百瀬恒彦 写真）収録
＊合唱《かなしみはあたらしい》作曲・信長貴富『かなしみはあたらしい』より
指揮・陣内俊生、ピアノ・森本侑花
＊合唱《いなくなる》作曲・山内雅弘『子どもの肖像』より
指揮・陣内俊生、ピアノ・佐藤美緒

中地　『子どもの肖像』から二曲をお聴きいただきました。ご感想をお願いいたします。

谷川　ことばっていうのは、詩もそうなんですけど、意味で人に訴えるわけですよね。音楽っていうのは基本的に意味ではないもので人に訴えるわけです。合唱というのは、歌詞があって、ことばがあって、音楽があるわけだけれども、逆に言語の意味で訴えかけるところよりも、音楽の、言ってみれば無意味で、音楽の存在の力で訴えるほうが大きいなっていう気がしました。だから、時々音楽がことばを、なんというかな、飾ろうとしすぎてね、かえってことばの力がなくなる場合があるし。それから、ことばが一生懸命意味で伝えようとしているのが、音楽によって、あんまりそんなことをしても意味ないよ、っていうふうになってしまうこともあるわけですよね。だから、合唱によってはそういう一種の矛盾みたいなものが聴いていいて面白い。

中地　作曲家の意図と詩人の想いとが、微妙なバランスで合唱作品が成立しているという……。

谷川　詩人の想いっていうのはないんですよ。日本語があるだけで。だけど日本語を作曲家がどういうふうに受け止めて、どういうふうに音楽にするのかっていうところがポイントで。それが受け止める人によっていろいろだと思うんですよ。すごくいいなと思う人もいるだろうし、なんかちょっと自分の感性と食い違ってるなと思う人もいるだろうし。ソロと違って合唱っていうのは複数の人間が参加しているわけだから、歌っている人たちの間にもたぶんそういう細かい食い違いがあって、それが合唱の声をやはり面白くしているって思うんですけどね。

太平洋戦争、第二次大戦が終わった直後に、ＡＦＲＳ（進駐軍放送）が始まって、アメリカのポップス系の音楽をずっと流すようになったのね。そこで、女声コーラスを本当に人工的なハーモニーで聴ける、たしかアンドリュース・シスターズとか、なんとかシスターズとかいくつかあって、そのコーラスですよね。何人かの小規模のコーラスなんだけれども。それがあまりに人工的なんで、薄気味悪かったことを覚えています。人間のもっている命の部分というのは、ある面で雑音に近いものを含んでいなきゃいけないし、野生に近いものを含んでいなきゃいけないというふうに僕は感じました。だから、コーラスもあんまりうますぎて、そういう人間の野生みたいなのが聞こえなくなるって言えばいいのかな。たとえば、電子的な音調で作られた音楽なんかにあって、初音ミクみたいな完全な電子音だけで歌うキャラクターも出てきているわけですよね。で、コーラスがそういうところから免れていくっていうのは、たぶん複数の人間が関わっているからなんじゃないかなって。だから、コーラスの中の一種ノイズ的な部分っていうのは大事なんじゃないかなと僕は思いますけど。

＊音楽教材演習受講生

ソプラノ
青木はるか　寺島菜穂
赤濱梨里　真鍋芽衣
池澤真子　三浦かれん
石黒　舞　森　陽菜
伊藤暖佳　八木　遥
岩田あやの　簗田喜久子
小川明日香　山田千奈美
鍵谷舞美　山本　愛
高本ひかり　山本弥生
椎葉　彩　和知英恵
清水美空
白木亜香音
杉野未侑
高松みのり
田中　歩
土屋優菜

アルト
相原果歩　髙橋瑞生
一ノ戸亜季　田辺　栞
岩村香苗　長澤佳奈子
内田あやめ　中村知恵子
梅本真衣　西　彩花
越智ちひろ　幡谷有香
小野高子　平賀祐子
上村真菜　平野葉月
茅野玲生　深谷朋香
國元美乃里　藤田美優
佐久間百香　古川幸季
佐藤麻美　松口奈津美
佐藤美桜　森本侑花
島村　碧　八木彩音
杉山万実　山下　雛
鈴木日向子

テノール
有光理彦
浦下拓巳
岡本優太
小野塚英祐
古城颯人
滝嶋　直
中村　縁
比企湖太郎
笛木和人
細田貴大
丸山航平
宿里泰寛
山本　航

バス
赤木航平
安達壱真
石丸　暁
井出　哲
大村将司
栗田智輝
下江昌也
立花秀斗
原田拓弥
堀内悠真
丸山拓朗
山崎寛大

ピアノ
山本弥生
藤田美優
森本侑花
佐藤美桜
田邊　栞

「音楽教材演習」受講生のみなさん（指揮・陣内俊生氏）

講師の谷川俊太郎氏と山内雅弘先生（右）

間奏曲 1

作曲家からみた谷川作品

中地　あらためてご紹介します。本学の作曲研究室の山内雅弘先生です。この《いなくなる》は、朝日作曲賞の二〇〇六年受賞曲で、合唱コンクールの課題曲として広く歌われた曲です。同年に、山内先生は吹奏楽部のコンクールの課題曲でも入選されて、ダブル受賞されたのは山内先生だけだと思います。では、《いなくなる》についてお話いただきたいと思います。

山内　山内です。よろしくお願いします。最初に、この講座ができた経緯について補足をしたいんですけど、六年前に、横山先生と「合唱の授業で歌って終わるだけじゃなんだね」という話になって、それでは作曲家を講師にお呼びしようということになりました。それでこの講座が始まったのですが、最初の年が木下牧子先生、二年目が新実徳英先生、三年目には佐藤眞先生、四年目には信長貴富先生、そして去年が松下耕先生。次にどうしようかなと考えたときに、中地先生にご協力いただきまして、谷川さんをお呼びすることができたわけです。詩人をお呼びするということは、作曲家としては思いつかなかったことだったんですけれども。最初は、まさか実現するとは思っていなかったのですが。作曲家と詩人が一緒にというのは、なかなかないかもしれませんね。とても素晴らしいことだと思います。

私、じつはドキドキしていて、「この詩に、こんな曲をつけよって」とか思われるのではないかと心配していました。先ほど学長室で話していて、「どういう曲をつけていただいてもいいんですよ」っておっしゃっていただいたんで、ほっとしたんですが。私自身、詩っていうのは、ものすごく苦手だったんですね。単純に、書こうと思っても書けないんですよ。だから、詩人の先生をものすごく尊敬するんですね。小学校のときとかに、詩を書かせられるじゃないですか。そんなとき、私は一行も書けなかったんですよ。詩はやっぱり普通の論理的な文章を書くのとは少し違うと思うんです。私は、作文は得意だったけど詩が全然できなくて。そのおかげで、合唱曲とか歌曲の作曲はものすごく自分に向いてないと思っていたんです。もともとオーケストラを書くのが好きだったものですから、器楽派の作曲家だと、そう言い逃れをしていたんです。

それがこの大学に来て、声楽研究室の横山和彦先生や鎌田直純先生と日本語の新しい歌曲を作っていこうという話になって。「じゃあしょうがないから書くかなあ」と、そういうところから入ったんです。それで、やっと詩とのやりとりがなんとなくわかってきて。今谷川さんがおっしゃったように、作曲家と詩の関係は、作曲家のイメージのほうにかなり強引に取り込むこともできるし、詩に寄り添うこともできるんですね。そこら辺は、曲や作曲家によっても違うと思うんですけれどね。私の場合もそんなこんなで、少しずつ詩との向き合い方がわかってきたときに、朝日作曲賞の公募があって。作曲の際、詩を探すのが結構たいへんなんですよ。合唱に向いてる詩というのは、必ずしも文学的にどうのというのではなくて、やっぱり曲が書きたくなるというか、イメージやメロディーが浮かんでくる詩が存在します。それは、作曲家によって違うと思うのですが、谷川さんの詩はかなりの確率で「これは書きたい」って思うことが多いですね。他の詩人よりもその確率はかなり高い。実際、そのために多くの作曲家が合唱曲を書いていると思うんです。そういうわけで、合唱曲を作曲する場合、最初苦労して詩を漁るわけですね。でも、なかなかすぐにピンとくる詩には出会えない。最終的に決まるのも、どうして決まるかわからないけれど、それは直感としか言いようがないんです。谷川さんの詩もやはりいっぱい探したんですが、あまりに多くの作曲家が書いているので、すでに書かれている詩はいやだと思っても、たいていの場合、もう作曲されているんです。それでいろいろ探した結果、『子どもの肖像』がいいんじゃないかと思いました。それでピンときまして、《いなくなる》は、その中から五曲選ばせていただいて作曲した組曲のうちの一曲です。

それで、その後どうするかというと、もちろん詩を覚えるくらい読みます。朗読はしません。心の中で「私たちはいなくなる、私たちはいなくなる……私たちはいつかいなくなる〜」って。そうするといつのまにかメロディが浮かんでくるんです。そうしたら、今度はハーモニーを考えます。この詩は、たとえば「いなくなる」ということばから明るくはないだろう。悲しいっていうと単純に考えれば短調かなっていうことなんだけど。さっきのお話にもありましたけど、ある種の子どもがもっている難しい、屈折した心理っていうのが、長調とか短調で割り切れるものでもないんじゃないか。じゃあ無調かというと、いやそうでもないだろうと。いろんな答えがあって、正解はないと思うんですね。無調で書くという手もあると思うんですが。ちょっとピアノで音を出してみますか。長調か短調かどうしようかっていうときに、最初は短調で始めよう。そしてハ短調から変ホ長調に転調して明るくなる。今度は変ホ短調でまた明るく。そして最後はロ長調に（和音進行を演奏する）。このように八小節の間にすごく遠い調に転調しています。最後の終り方が、先ほど余韻という話もありましたが、Bマイナーメジャーセブンを使うことで、なんかどっか割り切れない、長調でも短調でもないし、はっきり完結しないというイメージを出そうとしました。それが谷川さんの詩とどこでどういう反応をしてどういう曲を作るかっていうのは、作曲家それぞれの直感なんです。私の場合、和音の響きというものが大切で、このように和音を選ばせていただきまして、このような結果になった、ということです。

他の回答もあると思うんですけど、この曲の作曲は、どっちかというと詩に近づいて行ったほうだと思います。ですから、冒頭の「わたしたちはいつかいなくなる〜」っていうメロディーは多少覚えましたでしょう？ これは、谷川さんのこの一節がなければ絶対生まれないメロディーなんですよ。つまり、普通に器楽曲として書けと言われたら、こういう和音進行でこういう設定は絶対浮かばない。なので、やはり良い詩に出会うと、良いメロディーが書けるんですね。絶対私は、詩が先なんです。ポップスは「メロ先」といって、メロディーを先に作っちゃう。私は、それはできないです。やっぱり詩を朗読して、日本語の「わたしたちはいつかいな〜く〜なる〜」があって、それから和音の手触り、詩からもたらされる色彩感みたいなものをつかみ取ろう、っていう感じでできていきます。その後ピアノ伴奏もありますが、何かの批評である合唱指導者が、この曲のピアノ伴奏を「屈折したショパン」と言っていて、うまいことを言うなあって思いました。じつはショパンのパロディを作ったわけじゃないんですが、結果的にそうなったんです。「屈折したショパン」が合っている気がしたんですが、すべて直感なんです。

中地　先ほどのお話の中で、谷川さんの好きな作曲家にショパンの名前も出てきましたけど、詩を通じて山内先生の作品に影響したのかもしれませんね。

それでは次の曲に移りたいと思います。ここからは、女声合唱の演奏をお聴きいただきたいと思います。

＊合唱《天使　まだ手探りしている》作曲・山内雅弘『天使のいろいろ』より
指揮・石田海、ピアノ・伊藤綾乃

中地　こちらも山内先生の作曲ですので、続けてお話をお願いしたいと思います。

山内　どうもありがとうございました。先ほど谷川さんにサインをいただきまして。とても喜んでいます。じつは、これは二つ目のサインなんです。『クレーの天使』（パウル・クレー絵、講談社、二〇〇〇年）の詩集を、池袋のジュンク堂で「谷川俊太郎書店」という企画があったときに買い、そのときにサインをもらいました。そこで購入して、「ああ、これはいいな」と思って。クレーの天使の絵が描いてある詩集ですが、いつか合唱曲で書きたいなとずっと思っていました。ところが、これは先ほどの『子どもの肖像』以上に作曲が難しくて。作曲が難しいというのは、詩自体が難しいということとは違う部分があると思うんですけど、私にとっては難しかったんですね。なかなか踏み切れなかったときに、また合唱作品のある公募があって、そこで「今回こそ天使の詩だな」と思って、いくつか選ばせていただいた中からの一曲です。

何が難しかったのかというと、本当に今でもわからないんですが、実際にできてみると「これしかないだろう」ってところにはもって行けたと思います。ことば自体がリズムや、和声を引き出してくれる詩もあるんですが、今回はすぐにそういかなかったんですね。そこで、あることばに、何か先ほどのような響きというか、即時反応じゃないですけど直感的にやるしかなくて。詩と曲の関係で言えば、この曲はどちらかというと、多少自分のほうに強引に引っ張ってきた部分もあって。それは、音楽的に「ここはもうちょっと盛り上げたい」というときに、詩のほうから見ると本当はそういうものではないいんじゃないかと思いつつも、自分で折り合いを付けて、なんとか納得させるようにしました。今の曲ですと、曲の真ん中の部分で意外に盛り上がるんですね。本当は、そういう処置はしないほうがよかったかもしれないんですけど、音楽的な欲求が先に来ちゃうんです。作曲には、作曲家の欲求っていうのがあって、それはもしかすると、詩の時間軸やドラマトゥルギーと違う部分かもしれない。本来折り合いを付けたほうが良い部分もあるし、「申し訳ないけど多少私のやりたいようにやらせてください」という部分もある。それが、先ほどの《いなくなる》よりもあると思います。興味深いのは最初にクレーの絵があって、絵が詩に、それもきっと谷川さんのインスピレーションでことばになって、それが今度は音になるという、こういう段階を経て一つのものが生まれ変わるっていうか、転生するような、その感じがすごく素敵だと思います。

先ほどの話に戻りますが、強引に自分のほうに引き寄せたと言っても、「わたしにはみえないものを てんしがみてくれる」のところ、これはやっぱり自分にとってキャッチーな、いいメロディーにしたいなって思いましたが、このメロディーは、本当に、詩が、言葉がなければ、絶対生まれないメロディーなんですよ。だから本当に、このメロディーができるのには、詩の力っていうものがありました。

また、先ほどの曲と聴き比べて、やはり和声とか手触りとか、作風が違いますでしょう？　器楽曲だと、自分のオリジナルの作風を全体的に押し通せるんですけど、声楽曲は詩によって作風を変えることができる。それは逆に、作曲家の一種の言い訳というか、ありがたい口実になります。現代作曲家というのはやはり現代音楽の語法で、たとえば無調で書かないといけないというような風潮があって。たとえばあるとき、金子みすゞさんの詩に作曲したんですが、金子みすゞはさすがに無調ではないだろうと、ものすごくわかりやすい和音を付けたんです。オリジナルの器楽曲でそういうことをやると、「山内はなんでそんなことをやってるんだ」となるんですね。本当にこの詩だと、きっとこんなメロディーができるんだろうな、と詩を探して音をつけたいっていうのがあるんですね。そういうわけで、最初から「音をつけたい、つけたい」と思いながら、ある種の難しさを感じつつ、やっとできあがったのがこの曲です。

第II楽章

詩と音楽が生まれるところ

合唱講座　第二部

天使、まだ手探りしている

わたしにはみえないものを
てんしがみてくれる
わたしにはさわれないところに
てんしはさわってくれる

わたしのこころにごみがたまってる
でもそこにもてんしがかくれてる
つばさをたたんで

わたしのこころがはばたくとき
それはてんしがつばさをひろげるとき

わたしがみみをすますとき
それはてんしがだれかのなきごえにきづくとき
わたしよりさきに

わたしにもみえないわたしのてんし
いつかだれかがみつけてくれるだろうか

わたしにはみえないものを てんしがみてくれる

芸術の根源にあるもの

中地　第二部の最初の二曲は女声合唱ですが、第一部の混声合唱とはまた違った声の響きを聴くことができると思います。谷川さんはパウル・クレーの作品に関して、詩も書かれていますし、ＮＨＫの美術番組でもお話をされています。詩集としては、今歌われた『クレーの天使』、それから『クレーの絵本』（パウル・クレー 絵、講談社、一九九六年）が出版されています。私も、学生時代に混声合唱で、三善晃の『クレーの絵本 第2集』（カワイ出版、一九八〇年）を歌って、そこから谷川さんの詩をさらに読んだり、クレーの絵を観に行くようになりました。また、詩集『モーツァルトを聴く人』では、装丁や挿絵にクレーの作品が用いられています。クレーの作品に対して、谷川さんは特別な思いがあると思います。

谷川　そうですね。近代から現代にかけての美術の中で、うんと若い頃からクレーの画集を見ていて、一種の親近感を一番感じたのはクレーという絵描きさんで。後で知ったところでは、彼はオーケストラでバイオリンを弾いていた人でもあるし、すごく中に音楽的なものをもってた人だろうなと思いますね。彼の構図そのものに、一種の音楽的な要素が潜んでいるような気がしていて。だから彼の絵を見ていても、一種、さっきから「直感的」ということばが出てきているんですけども、理屈ではなくて、絵からことばが生まれるっていうのはやっぱりクレーの絵の場合には多かったですね。

中地　詩の中に音楽を感じて、絵の中にも音楽を感じて、音楽の中に逆に詩や絵を感じて、いろいろな芸術は相互に絡み合って新たなものを生み出すということがあると思います。クレーの絵で、とくにインスパイアされた要素というのはあるのでしょうか、たとえば色彩など。『クレーの天使』は、線描画が多くなっていますが。

谷川　もちろん色彩もすごく綺麗なんですけれども、やっぱり線ですかね。そういうふうに絵画をいろんな要素に分けて考えるのはよくないとは思うんですけれども、クレーの場合、とくに美術の批評家たちはきっとそういうような分析をするんだろうけれども、非常に分析しにくい絵だっていうふうに僕は思っていますね。それは、一篇の詩をいくら分析しても、なんか分析しきれないのと同じように、クレーの絵もあんまり批評のことばで書けない部分というのが一番いいんじゃないかなと思っています。

中地　今、クレーのシンプルな線というお話がでました。谷川さんの詩も、誰でもわかる普通のことばで深いものを表現しているという点で、共通する世界観があるように感じます。音楽をことばで表すということもありますが、「音楽を語る」ということに関してどのようにお考えでしょうか。

谷川　結局、語りきれないのははじめからわかっているんですけども。たとえば、小林秀雄みたいな人が、モーツァルトのことを語ったりすると、それは音楽と離れて、文学として、なんか面白いものが生まれると思うんですね。僕の場合にも、ある音楽を聴いて、それにすごく感動したおかげで、ことばが生まれるということがあるので。われわれは「音楽」とか「文学」というふうに、創造的な行為をどうしても分割して考えがちなんだけれども、音楽も文学もなんか、もっと全体的には一つのものの中から生まれてくるんじゃないかっていうような考え方を、僕はもっていますけどね。

中地　さまざまな芸術は同じ「根っこ」から生まれてくる。

谷川　そうですね。基本的に詩も音楽も「言語以前のもの」から生まれているというように思うんですよね。それは、心理学の言い方だと、意識下ということですね。無意識っていうような言い方もあるんだけれども。われわれはつねに意識して言語を選んでことばでいろいろ自分を表現したり、物事を表現したりしているわけですけれども。散文の場合にはね、そこをすべて完結する必要があるし、そこで正確さを求めていかなくてはいけない。けれども、意識よりもっと下にある、まだ非常に未分化な心の部分、あるいはそれを魂と言っていいのかもしれないんだけれども、そこから詩は生まれてくるし、音楽もまさにそこから生まれてくるものじゃないかな。だから、音楽とか詩の生まれるところにできるだけ近づきたいという気持ちはずっともっています。

中地　今、「魂」ということばが出てきました。谷川さんの詩の中にも魂ということばがありますけど、それはいろんな芸術を生み出す源泉のようなものでしょうか。

谷川　きっといろんな意見があるし、魂ということばは非常にリスキーなことばでね。河合隼雄さんというユング派の心理学者の方は、ずいぶん用心して晩年になるまで魂ということばを使ってらっしゃいませんでしたよね。でも、なんかわれわれは精神とか心とかっていうよりも、もっと深いところに何かあるんじゃないかと。それを、でもしょうがないから魂と呼んでいますみたいなことになるんですけど。魂ということばはすごく誤解されやすいわけでしょ。ひとだまみたいな魂のイメージもあるわけですしね。だから創作の源泉が魂にあるといっても、それはもしかすると、何も言ったことにはならないんじゃないかと思いますけどね。

中地　子どもの詩に関して、谷川さんが書かれたものをあらためて読んでみましたが、宮澤賢治の芸術論から「無意識即から溢れるもの」を引いて、これこそが詩だ、という一節がありました。これも今のお話と関連するものでしょうか。

谷川　そうですね。

中地　魂という無意識なもの。

谷川　中原中也も「名辞以前」、つまり名前の付く以前のもの、というような言い方をしてますけれども。詩を書く人間はみんな多かれ少なかれ、言語以前っていうものをめざして詩を書いているということはあると思いますけどね。

中地　言語以前の見えないものというのは、どう捉えたらいいのか、ということもありますけれども、形をもったものが芸術で、その一つが音楽ということになるかもしれません。それでは、ここで詩の朗読をいただきたいと思います。

＊朗読「天使、まだ手探りしている」『クレーの天使』収録

谷川　天使のイメージっていうのは……、僕はキリスト教系の幼稚園に行ったものですから。そこで掛け図みたいなものでね、地獄と天国みたいなのを教えてくれて。その辺から、天使のイメージっていうのがいわゆる西洋の絵画の伝統の中にずっとあることを知るようになって。やはり天使って、翼のある存在というのは魅力があるわけですね。僕は小学生のころ模型飛行機が好きでね、なかなか飛ばないんだけれども。軽い檜の棒と竹籤と薄い雁皮紙《がんぴし》っていう紙で、ゴムの動力でプロペラを回す飛行機をよく作ってました。そのころから空にふんわり浮かぶものに対する憧れみたいなものがあって。でも、音がうるさい空に浮かぶもの、たとえばヘリコプターみたいなものはあんまり好きじゃないんですよね。僕が今まで

経験した中で一番天使のイメージにも近いのかな、空に浮かぶもので好きなのは熱気球ですかね。熱気球のバーナーはゴーってすごい音がするんだけれど、それが途絶えると本当に静かになっちゃって、地上の物音なんか全部聞こえてくるんですね。それがなんかすごく好きで。熱気球にはまた乗ってみたいなって思っています。そういう浮かぶもの、地球の重力に抗うものっていうのは、たぶん人間の根本的な欲求の一つであって、そこから飛行機が生まれたり、ひいては宇宙船なんかが生まれて、地球から外へ出て行くっていうことが始まったんだと思うんですけども。そういう天上とか極楽とかって言いますけど、地球の重力から離れた世界があるって漠然と思うのは、人間共通の認識じゃないかなって思ってます。

中地　先ほどの混声合唱と比べて、女声合唱にはどんな印象をもたれたでしょうか。天使には、女性、子ども、中性的なイメージが宗教画等にはあるかと思います。三善晃は、詩を読むときに、女性の声で聞こえてくる、ということを書いています。

谷川　基本的に詩のことばっていうのは女性のほうに偏っているんですね。男性よりも。男のことばっていうのは言語そのものが何か二項対立的、バイナリーに物事を分けるでしょ？　善悪とか美醜とか。でもそういう二つに分ける言語を使って、それを元の一つの全体に戻そうっていう動きがあるのが「詩のことば」だと思うんですよ。だから、歌のことばなんかでも、歌われることで意味から外れて一つの全体に迫れるところがある。これはやっぱり音楽の力なんですね。言語の力よりも。

中地　先ほど山内先生から、曲を作っていくうちに詩からどんどん発展して、自分の楽想がだんだん強くなっていくというお話がありました。やはり詩の世界と音楽の世界がせめぎ合ってできたものが、合唱作品ということになるでしょうか。

そんな世界を私は信じる

合唱の声とドラマ

中地　次は、「信じる」です。これは二〇〇四年のNHK合唱コンクールの中学校部門課題曲として作られたものです。その後も学校をはじめ広く歌われている作品です。この詩は、合唱曲になるという前提で作られたものですね。

谷川　これは本当に合唱を念頭に置いて書かざるをえなかった詩ですね。

中地　「信じる」は、三節あって、「私」「あなた」「世界」と、それぞれに信じる対象が書かれています。「ことばを僕は信じない」という谷川さんが書かれた一節を読んだことがあります。「信じる」に関して、お話をいただけますでしょうか。

谷川　「信じることに理由はいらない」って書いてますよね。新興宗教なんかの狂信的な信者の話を聞くと、やはり理由があって信じているわけじゃないっていうことは納得せざるをえないと思うし。それから、はじめはとっても小さなところから始まった宗教っていうのが、時代を経るにつれて大きな組織になっていって。言ってみれば堕落していくっていうのは今の世の中だと思うんですね。だから、信じるってことは本当に両刃の剣だと思いますね。信じることが人間にとっては必要なことなんだけど、何を信じるか、それから、どの程度信じるかっていうことが、なかなか難しいところで。だから僕は信じるっていうことをいう場合には、心のどこかで疑うっていうことを何パーセントか残しているっていう感じはするんですね。

歌詞の場合には、この信じるっていうことばを歌になった場合にできるだけ力強いものにするために、あんまりそういう疑う部分っていうのは書けないわけですけれども。本当になんか今、信じるものがある人は、僕はすごく幸せだと思いますね。僕がもちろん、たとえば何かについて、八割は信じているけれども、後の二割はちょっと疑わしいっていうことのほうが多いものですから。こういう合唱の歌詞に書く場合には、そういう自分の現実のリアルからはちょっと離れて、ことばとしてもうちょっと一方的に力強いものにしようと思って書いていますね。

中地　この作品ができた経緯が月刊誌『教育音楽　中学・高校版』二〇〇四年五月号（音楽之友社）に載っていましたが、書かれるときにわりと時間がかかって悩まれた、とありました。

谷川　自分の詩を書くときには、自由に書けるわけですからね。本当にうまくいけば十五分で書けちゃうこともあるんだけど。とくに音楽が付いて合唱になるんだってということが前提になると、ある程度ことばの数とか、ことばの進み方とか、そういうものを揃えていかないといけないから、そういうところでも時間がやっぱり必要でしたね。

中地　昨年の合唱講座では、作曲者の松下耕先生にお越しいただいて、《信じる》の混声合唱版を学生が演奏しました。その際に、本来はもっと曲を長くしたかったけれども、課題曲なので時間制限があって、短くされたというお話がありました。今日はロングバージョンの女声合唱版を演奏したいと思います。まず最初に詩の朗読をお願いし、その後、合唱の演奏をお聴きいただきたいと思います。

谷川　松下さんは、何かこの歌詞の中に隠れているドラマみたいなものを、音楽ですごく強調して書いてくださったと思っているんですけどね。コーラスではやはりそういうドラマが隠れているっていうのが、ソロよりもはっきり出てくるんじゃないかと思って。たとえばギリシャ悲劇のコロスみたいなものも、能の地謡もね、ソロで歌う、ソロで語るものとはちょっと違う。いろんな質のものが一緒になって声を合わせているというところに、基本的にドラマのモメントが隠れているような気がします。

「音楽教材研究ゼミ」受講生のみなさん

信じる

笑うときには大口あけて
おこるときには本気でおこる
自分にうそがつけない私
そんな私を私は信じる
信じることに理由はいらない

地雷をふんで足をなくした
子どもの写真目をそらさずに
黙って涙を流したあなた

そんなあなたを私は信じる
信じることでよみがえるいのち

葉末の露がきらめく朝に
何をみつめる子鹿のひとみ
すべてのものが日々新しい
そんな世界を私は信じる
信じることは生きるみなもと

＊朗読「信じる」『すき』収録
＊合唱《信じる》作曲・松下耕『その人がうたうとき』より
指揮・井出哲、ピアノ・鍵谷舞美

あなたは愛される……たとえ
あなたが人生を憎むとしても

思春期と音楽

中地　あと二曲を残すばかりとなりました。「やわらかいいのち」を次に取り上げます。この曲に関しては昨年の合唱講座で、松下耕先生から作曲した際のいろんなお気持ちを伺いました。この詩には「思春期心身症と呼ばれる少年少女に」という副題が付けられています。先ほどの「信じる」も中学生、いわゆる思春期の子どもが歌うために作られたものでした。

谷川　この「やわらかいいのち」っていうのは、テレビドキュメンタリーのために書いた詩なんですよ。九州の民放だったと思うんだけど。思春期心身症といわれるような子どもたちを取材したテレビ番組で、その番組にあわせて書いだ詩ですね。

中地　谷川さんは、思春期のころに音楽をたくさん聴かれるようになったというお話が、先ほどありました。そういう時期に、音楽や詩や文学と出会うということが人生においてあると思うんですけれど、ご自身を振り返ったり、この詩を書かれたりした中で、何かお感じになったことがありましたら。

谷川　そのテレビ番組のラッシュプリントを見て感じたことを詩に書いたわけだから、これは本当はもうちょっと詩があるんですね。（本講座では、五篇ある組曲から終曲のみを演奏）

中地　テレビ番組を通じて出会った子どもたちから得た印象をことばに。

谷川　生身の子どもたちに接したわけじゃなくて、映像を通してですけどもね。やっぱりすごく子どもたちが置かれている状況っていうのが、大人になってから忘れているかもしれないけれども、どんなに幸運な環境にいても、思春期っていうのはすごく難しい時代だと。とくにそれが、やや病的な状態になっているんですよね。本当にどうすればいいのかわからないみたいな感じがしましたね。

中地　最初のお話に、谷川さんが思春期に音楽を聴いた体験が、その後の詩を作る源泉になったということがありました。そのころの音楽との出会いについてお話しいただけますか。

谷川　僕がクラシックの作曲家で最初に接したのはベートーヴェンなんですけれども、音楽が人を励ますっていうことを、僕はベートーヴェンで知ったというところがありますね。それからモーツァルトも本当に好きなんですけど、彼には人を励ますっていうものではちょっとなくて、もうちょっと微妙な、なんか、人間の魂に訴えかけてくるみたいなものがある。モーツァルトは、人間的には本当にはちゃめちゃやな、やんちゃやな人だったらしいんだけども。あんなに美しい音楽が生まれてくる人間っていうのは、やっぱり人間の人智、知性を超えているんじゃないかなって感じがしますね。あと、ベートーヴェンに励まされて、それからもうちょっと思春期から少し経ってから聴くようになったバッハは、自分の人生にある一種の規範を与えてくれたって言えばいいのかな。思春期っていうのは、さっきも意識下の話が出ましたけれども、なんか言語以前のすごいもやもやした、あるいはどろどろしたものに変なリアリティがあって、そこで悩むものなんですけれども、バッハはそういう秩序が欠けた自分の中の心の現実にある規範を与えてくれるというか、そういう感じがするんですね。自分の好きな音楽というのは何で好きなのか、なかなか語りにくいものなんだけれども。

後になって考えると、たとえば僕は思春期じゃなくて、中年の危機みたいなのがあったんですね。『ミドルエイジ・クライシス』っていう本が出ているくらいだから、男も女もそうなんだろうけれども。結婚生活が長引いたりなんかしていろんな仕事が重荷として降りかかったときに、中年の危機っていうものを感じることがあって。そのころにはロマン派ばっかり聴いていましたね。音楽っていうのはそういった意味で、人生のその時期の聴く人にいろんな形で慰めを与えてくれたり、励ましを与えてくれたりするものなんだけれども、人を混乱させるものではないのはたしかだと思うんですね。物語、小説とか文学なんかにも、もちろん慰めになるものがあるんだけれども、時々人を混乱させるものがあると思う。音楽の場合には、そういうものがほとんどないって僕は感じているんです。

中地　詩集『モーツァルトを聴く人』の「あとがき」にある、「私は時に音楽に縋《すが》らずに生きていけないと思うことがある」という一文を強く覚えています。

谷川　ことばでは表現できない気持ち、心理というものがあるし、それから自分がことばにしたくない心理、気持ちみたいなものがありますよね。そういうとき、音楽が慰めになったり刺激になったりするというのが、自分の場合には今でもありますね。

中地　先ほどの「詩は音楽にあこがれる」ということに関して、もう少しお話しいただけますか。

谷川　それは、「音楽が無意味である」っていうことに尽きますね。音楽はまったく無意味っていうのが強いですよ。ことばは意味に囚われてしまうんですね。そのために迷ったり間違えたりなんかするんだけれども、音楽はそういうことがない。

中地　意味を超えて、音自体で語りかけているような……。

谷川　……。語りかけてはいないんじゃないかなあ。存在するものと表現されたものっていうのは別のものだと思うんですね。芸術は全部表現されたものになってしまうでしょ。だけど、それよりもっと前に存在しているものがあるわけで、音楽っていうのは存在しているものに、なんか触れてくるところがあると思うんですけどね。

中地　それでは「やわらかいいのち」の朗読を最初に、その後に続けて演奏をお願いしたいと思います。

「合唱指導法」受講生のみなさん（指揮・横山和彦先生）

やわらかいいのち

思春期心身症と呼ばれる少年少女たちに

5

あなたは愛される
愛されることから逃れられない
たとえあなたがすべての人を憎むとしても
たとえあなたが人生を憎むとしても
自分自身を憎むとしても
あなたは降りしきる雨に愛される
微風《そよかぜ》にゆれる野花に

えたいの知れぬ恐ろしい夢に
柱のかげのあなたの知らない誰かに愛される
何故ならあなたはひとつのいのち
どんなに否定しようと思っても
生きようともがきつづけるひとつのいのち
すべての硬く冷たいものの中で
なおにじみなおあふれなお流れやまぬ
やわらかいいのちだからだ

＊朗読「やわらかいいのち 5」『魂のいちばんおいしいところ』収録
＊合唱《やわらかいいのち 5》作曲・松下耕『やわらかないのち』より
指揮・村松祐里恵、ピアノ・高間春香

中地　演奏を聴いてのお話をいただけますか。

谷川　自分が書いた詩が曲になって、聴いていてね、感動してしまう曲っていうのが何曲かあるんですね。今日の中で、たとえば松下さんの《信じる》、それから今聴いた《やわらかいいのち》の五番目ですね。そういう自分の詩に音楽が付くことで、なんか自分が意図した以上の一種の魂のリアリティみたいなものに近づいてきた、そういう印象を受けました。

中地　詩から音楽の新しい世界が広がって、その魅力でいろんな人が集まって、そういうことが合唱にはあるのかとあらためて感じた時間でした。

この気もちはなんだろう

合唱講座フィナーレ

中地　終わりの時間も迫ってきました。ご体調が万全でないなか、たくさんのお話と朗読をいただいて、ありがとうございました。最後の「春に」の朗読と合唱に入る前に、全体を振り返ってのご感想をいただけますでしょうか。

谷川　やっぱり合唱ももちろん音楽なわけですよね、ことばを伴っているけれども。音楽を聴いている時間というのは、なんかことばを読んでいる時間とは全然違いますね。そういう意味で、今日こうやって聴かせいただいて、なんていうのかしら、やっぱりいろんなことを考えたりしなきゃいけないから、疲れることは疲れるんですけども、その疲労がね、たとえば難しい講演を聴いた後の疲労なんかと、全然違うなっていう気がしてますね。

中地　それでは「春に」を、朗読に引き続き、合唱したいと思います。会場の中にも歌える人が多くいらっしゃると思いますので、ご起立して一緒に合唱ください。

春　に

この気もちはなんだろう
目に見えないエネルギーの流れが
大地からあしのうらを伝わって
ぼくの腹へ胸へそうしてのどへ
声にならないさけびとなってこみあげる
この気もちはなんだろう
枝の先のふくらんだ新芽が心をつつく
よろこびだ　しかしかなしみでもある
いらだちだ　しかもやすらぎがある
あこがれだ　そしていかりがかくれている

心のダムにせきとめられ
よどみ渦まきせめぎあい
いまあふれようとする
この気もちはなんだろう
あの空のあの青に手をひたしたい
まだ会ったことのないすべての人と
会ってみたい話してみたい
あしたとあさってが一度にくるといい
ぼくはもどかしい
地平線のかなたへと歩きつづけたい
そのくせこの草の上でじっとしていたい
大声でだれかを呼びたい
そのくせひとりで黙っていたい
この気もちはなんだろう

＊朗読「春に」『どきん』収録
＊合唱《春に》作曲・木下牧子『地平線の彼方へ』より
　指揮・横山和彦、ピアノ・田邊栞

会場　（拍手）――花束贈呈

中地　本日は、素晴らしい時間を過ごさせていただきました。出演、演奏してくださった学生のみなさん、そして長時間にわたり、朗読とお話、さらに無茶なお願いにも快く応えていただいた谷川さんに、もう一度大きな拍手をお願いします。

会場　（拍手）

――講座終了

＊合唱作品作曲に際しての詩の変更箇所
《かなしみはあたらしい》　五・六行、最終三行は作曲されていない。
《やわらかいいのち　5》　最後に「愛されている」の一行が作曲者によって付加。
《春に》　最後から二・三行は作曲されていない。

＊音楽教材研究ゼミMassacaglia受講生

ソプラノ
粟飯原理沙
井出　愛
白木亜香音
瀬戸山愛里
松谷直香

メゾソプラノ
石田　海
井出　哲
尾方優佳
鍵谷舞美
小林笑寧
小林ゆきの
佐久間百香
鈴木奏穂
土屋優菜

アルト
伊藤綾乃
岡　はるか
髙橋れいな
土屋七海
西　彩花
山下　雛

指揮
石田　海
井出　哲

ピアノ
伊藤綾乃
鍵谷舞美

＊合唱指導法受講生

ソプラノ
上原雪乃
唐住美里
高本ひかり
齋藤　葵
坂田糸帆
佐藤麻美
白木亜香音
鈴木　慧
須藤明音
積　麻衣子
瀬戸山愛里
田中　歩
寺島菜穂
戸塚奈那子
藤城遥香
藤原由佳
溝口雅子
吉田伊里
渡邉美沙希

アルト
岩田和佳奈
飯野幸恵
伊藤綾乃
石黒　舞
岩村香苗
小澤由貴子
鍵谷舞美
杉山万実
高田彩可
谷　星利果
土屋七海
土屋優菜
名嘉眞静香
松口奈津美
宮脇菜々子
八木彩音
山下　雛
山本　愛
渡邊侑美

テノール
糀　涼平
佐々木振一朗
中嶋悠斗
濱野瑞貴
笛木和人
正木剛徳

バス
阿部孝太
大村将司
武　和基
永田諭志

指揮
村松祐里恵

ピアノ
高間春香
田邊　栞

間奏曲 2

指揮者からの質問

中地　ここで、先ほど指揮をしてくださった横山和彦先生と陣内俊生さんのお二方から、指揮者であり声楽家でもあるという立場から、谷川さんに質問を用意していただいたので、マイクをお渡ししたいと思います。

横山　先生、今日は本当にありがとうございます。われわれは創造する側ではなく、また一つ違う立場だと思うんですね、再現・再創造する側という。詩を聴いて、曲を聴いて、それをどういうふうに再現していくか、と作業が始まっていきます。詩を読んでどういうふうに感じるか、それからその詩を通して、その作曲家がどういうことを感じているか。

その段階で正直な話、「あーこの作曲家はここまでいっちゃうんだな」、「とするとここのところはどうまとめたらいいんだろう」、そんなことを作り上げているときに、悩む瞬間があるんです。先生がお書きになったものが、メロディーや曲としてできあがったときに、自分が思ったことと違うと、そうお感じになることはございますか。

谷川　時々ありますね。「えーこんな曲になっちゃったのー」っていうの。

会場　（笑）

横山　ですよね。

谷川　その確率は非常に少ないですけど。

横山　「こんなに感動するものになってしまったんだ」、っていうのはどんな感じですかね。

谷川　感動するものになってしまったっていうのは、実際に演奏を聴いてみないとわからないわけだから。僕は譜面だけでは全然わからないです。それで、今日もそうなんだけど、実際に歌っていただいて、自分が思わず胸が熱くなるっていうのが何度かあるわけですね。それはやはり、自分の詩もそこにある役割を果たしているというふうには思えます。それは活字で読んで、自分がこの行はよく書けているなっていうのとは全然違う。音楽の力がことばを深くしてくれたというのかな。たとえばバッハのカンタータなんか聴いていると、本当に単純な「我、汝を愛する」みたいなね、神様に向かってラブコールみたいなものを延々と繰り返しているわけじゃないですか。意味はほとんどないに等しいんだけれども、そういう単純なことばが音楽によってすごく深いものになるというのは、音楽の一番すごいところで、それはやっぱりことばを書いている自分たちには本当にかなわないって感じですね。今日、そういう瞬間がいくつかありました。

横山　先生の詩を通して作られた音楽というのは、いろんな世代でいろんな感覚を生む曲になっているんですね。「信じる」にしても、学生の世代が歌う場合、もう一つ上になって彼らが二十代後半になるとずいぶん違ってくるでしょう。それから、われわれのような六十近い年になってくると、なんていうんですかね、「自分にうそがつけない私」というのがありますよね。この辺になると、多少後ろめたさを感じながら、「そんな私を私は信じる」と。

谷川　基本的に詩は美辞麗句なんですよ。だから、全然心配しなくていいんです。

会場　（笑）

谷川　現実じゃないことをやっぱり詩は書いていますからね。自分ではなんか書いていて後ろめたいと思うことはありませんけど。

会場　（笑）

谷川　でも、たしかにおっしゃるように、こういうこと本当は自分ではやっていないなってことをいっぱい書いていますね。

横山　それを聞いて、すごく安心しました。

会場　（笑）

横山　これから堂々と。

谷川　とくに歌になったことばは、普通の散文的なことばではなくなっているわけですからね。存分に歌い上げてください、自分を忘れて。

横山　その瞬間で忘れておりますので。どうもありがとうございました。

陣内　谷川先生、今日はありがとうございました。今回、学生たちと一緒に演奏を作り上げていくなかで、先生のお話の中にあった「善と悪を描くことでどっちでもない真ん中の答えが得られる」のかなあと。「バイナリーなものを描いて真ん中を見つける」、真ん中っていうか答えを見つけるっていう作業を、「生きる」を歌っているときにすごく実感する場面がありました。どうしても、いざ音を読んで、ことばを読んで、演奏、音を起こしてみると、学生たちから最初出てきた声がすごく暗い「生きる」という音色だったので。僕は、そういう場面もあるけど、「全部がそうではないかな」という話を授業の中でしたんです。それが、演奏して音が付くと、さっき山内先生もおっしゃっていたんですけど、たとえば長調でもない、短調でもない、バイナリーなものを描いてその中道みたいなものを描いて、演奏者としては自分なりに、こういうふうに感じたっていうのを演奏にしたいと思うんですけれど。もしそれが、谷川先生の思っていたところとまったく逆だったりしたら、どういうふうにお感じになりますか。

谷川　全然かまわないです。詩というものはもともとそういうもので、単一の解釈っていうのが詩の場合にもしあるとしたら、その詩がよくない詩であるということの証拠なんですね。だから、詩の言語っていうのは日常的にわれわれが使っている言語、あるいは散文的な言語と比べると、もっとも矛盾して混乱している言語だと思うんです。現代詩が難解だっていわれるのは、やはりわれわれが日常使っている言語とは違う次元で書かれているから、読む人がちょっとわかりにくくなっているとと思うんです。だけどそういう現代詩も、音楽が付くと、なんかすんなり納得してしまうということはありませんか。僕なんかはそうなんですけどね。だから音楽はその中道をとるというよりも、正反対のものを一つの世界にまとめられるというか、溶かし込むっていうふうな機能をもっていて、それはやっぱりわれわれが音楽に魅かれる一番の理由なんじゃないかなって思いますね。

陣内　ありがとうございます。音楽の力が加わったことでいろいろ変化が起こるんだなと。先生にそう言っていただけると。僕は音楽家として生きて、ことばの付く音楽をやっていると、音楽をやっていてよかったなと思う瞬間と、ことばがいいなと思う瞬間といっぱい味わえて、今日はすごく幸せです。あと一つだけよろしいですか。学校現場とかいろいろなところで、僕は合唱指揮者として自分の合唱団でも先生の作詩の曲を練習しているんですけど、先生の数ある合唱作品の詩に向き合うときに、気を付けることがございましたら。

谷川　ええ？　そんな生意気なこと言えませんよ。音楽のことをもっと知っていればまたあるのかもしれないけど。詩というのはさっきも言ったように、すごく多様な解釈を許すものだから、本当に読む人の自由だと思っていますね。だから、そうですね。詩と向かい合うときに僕が望むことは、ほとんど「ご自由に」って言うしかないんですけれども。ただ、詩のことばを、たとえば法律のことばとか、契約のことばと一緒くたに考えないでほしいというのはありますね。詩の意味は、そういうところでの意味とは別のところにあるわけだから、詩の言語のもっている次元というものに、なんか言語から離れて自分の中にあるリアリティを感じてもらえれば、詩がもっと面白くなるんじゃないかなと思います。

陣内　ありがとうございます。

中地　それでは学生指揮者から一人、村松祐里恵さん、質問でも感想でもいいので。

村松　大学院二年の村松と申します。よろしくお願いします。演奏を聴いていただき、ありがとうございます。

谷川　こちらこそ。聴かせていただいて。

村松　急で戸惑っているんですけども……。私は高校時代に、谷川さんの『女に』（佐野洋子 絵、マガジンハウス、一九九一年）という詩集の合唱作品（鈴木輝昭 作曲）によく取り組んでおりまして。その詩で、あらためて歌うことが好きになって、それをまた子どもたちにこの気持ちを伝えたいと思って、東京学芸大学を目指して入ったんです。数ある詩の中で、谷川さんが子どもに一番「これは読んでほしい」というご自身の作品をぜひ教えてください。

谷川　一つだけ挙げるのって結構難しいんですけどね。今、そういう質問を受けて挙げるのは「おならうた」（『わらべうた』集英社、一九八一年、一二―一三頁）ですね。

村松　あ、はい？

谷川　「お・な・ら・う・た」。

村松　「おならうた」……。

谷川　「いもくって　ぶ」ってやつ。

会場　（笑）

村松　ああ、学校現場で使わせていただきたいと思います。

会場　（笑）

谷川　何も反論しないの？　「おならうた」なんか子どもに教えてどうするんですか、ってなりそうな気がするんだけどなあ。

村松　すみません、ちょっと戸惑ってしまいました。

谷川　いや、冗談でなく、現代詩っていう文脈で考えると、僕の書いた「おならうた」っていうのは本当に無意味な、ただ調子のいいだけの詩なんですけれども。なんか詩の源っていうのは、そういう身体ぐるみの声から始まっているっていうことがあるから、おならの「ぶ」とか「ぴ」とかっていう音も、結構詩の要素としては使えると思っています。子どもは、とにかく詩が楽しくなきゃいけないと思うから、もし子どもに教えるんだったら、できるだけ楽しい詩を教えてほしいなと思っていますけどね。

村松　はあ〜

会場　（笑）

谷川　あんまり感心しないでくださいよ。

村松　学校現場で使っていきたいと思います。ありがとうございました。

中地　教科書には絶対載らない詩ですね。うちの学生は真面目だから本当に取り上げるかと思います。楽しい詩を入り口にして詩の世界の深みに入っていくということでしょうか。どうもありがとうございました。

合唱講座企画者・指導者紹介

横山和彦《よこやま かずひこ》

一九五六年東京生まれ。東京藝術大学大学院音楽研究科声楽専攻修了。在学中に芸大メサイア、芸大定期演奏会ヴェルディ《レクィエム》のテノールソロを務める。これまでに、宗教曲の分野ではバッハのマタイ、ヨハネ、クリスマスオラトリオの福音史家、カンタータなど多数の作品のソリストを務める。また、ドイツリードの名手として数々のリサイタルを開催し、高評を得る。合唱分野でも精力的な活動を行い、その指導法は的確で多くの信頼を得ている。

山内雅弘《やまうち まさひろ》

一九六〇年仙台市生まれ。東京学芸大学作曲研究室教授、作曲家。東京藝術大学大学院音楽研究科作曲専攻修了。シルクロード管弦楽作曲コンクール入賞、日本交響楽振興財団作曲賞入選、文化庁舞台芸術創作奨励賞。第16回朝日作曲賞を吹奏楽、合唱曲の両部門で同時受賞。第2回東京佼成ウインドオーケストラ作曲コンクール第1位、第21回芥川作曲賞受賞。作曲を本間雅夫、北村昭、八村義夫、南弘明、松村禎三、黛敏郎の各氏に師事。現在、日本現代音楽協会理事、日本作曲家協議会副会長を務める。

陣内俊生《じんない としき》

一九八五年茅ヶ崎市生まれ。東京藝術大学音楽学部声楽科卒業。東京学芸大学大学院教育学研究科音楽教育専攻音楽コース修了。小学校四年より鎌倉グロリア少年合唱団に在籍。ボーイソプラノとしてヨーロッパの教会音楽を数多く経験。大学入学と同時に同団で合唱指揮者としてのキャリアをスタート。神奈川県を中心に合唱団の指揮者、副指揮者、ヴォイストレーナーとして活躍している。現在、玉川大学芸術学部パフォーミング・アーツ学科および東京学芸大学非常勤講師。

第Ⅲ楽章

いつまでも終わらない歌が

合唱講座の作品を振り返って

中地　昨年（二〇一七年）十二月の合唱講座から四ヶ月が経ちました。おかげさまでたいへん充実した講座となりましたが、谷川さんは合唱の生演奏を聴かれる機会はよくあるのでしょうか。

谷川　そんなに多くはないですね。

中地　昨年の合唱講座では、七人の作曲家の作品を十曲ほど演奏させていただきました。通常の演奏会では、一人の作曲家の組曲全曲を演奏することが多いのですが、昨年の講座はさまざまな作曲家の作品を谷川さんの詩という視点から集めた、ユニークなプログラム構成だったと思います。今日は、それぞれの曲に用いられた詩について、さらにお話をうかがいたいと思います。

サッカーによせて

中地　《サッカーによせて》は広く歌われている合唱曲で、私自身も女声合唱版を指揮したことがありますし、混声合唱版を五十歳を過ぎてから高校の同期生と歌う機会がありました。この曲は、若者が歌っても、それなりの年齢の方が歌っても、たいへん魅力のある合唱曲だと思います。

講座のお話で、サッカーはあまりご存じでないということでしたが、それにもかかわらず、このような素晴らしい詩が書けるということがむしろ驚きでした。限られた体験から詩を作る、何か秘訣のようなものはあるのでしょうか。

谷川　自分が知らない現象や物事の、一番元の部分を知りたいという気持ちはすごくありますね。詩を書くときには明らかにそこを見るしかない。サッカーはボールを蹴るわけでしょ。そしたら「蹴る」ということばでサッカーは捉えることができる。そういう発想ですね。

中地　この詩には、スポーツの本質みたいなものが核にあるように思いました。たとえば「希望はいつも汗まみれなものだ」「憎しみが愛へと変わる奇跡はない」といった一節など、サッカーを超えたスポーツ全般に対する讃歌なのかなと。

谷川　結果的にそうなっているんじゃないでしょうか。僕はサッカーの細部は知らないわけだから、結局、一番の基本が蹴ることであり、スポーツであるということを書くしかなかったということでしょうね。

中地　谷川さんは、一九六四年の東京オリンピックの記録映画（『東京オリンピック』市川崑 監督、一九六五年公開）の脚本にも関わられていました。スポーツに対する何か特別なイメージというものをおもちでしょうか。

谷川　もちろん、スポーツはいろいろと見てますけど、それに興味が惹かれるってことはほとんどないですね。市川崑さんは、勝ち負けとか記録とかじゃなくて、「人間を見る」という視点からオリンピックの映画を撮ったわけじゃないですか。僕も結局、市川崑さんと同じで、人間を見るっていうことしかないですね。だから、スポーツに詳しくなくても人間の美しさとか、そういうものがちゃんと書きとれるわけです。

中地　「サッカーによせて」にもそういう視点があるのでしょうか。

谷川　だいぶむかしの詩だけれど、そうでしょうね。

中地　「それはすでに言葉ではない」という一行は、講座での「名辞以前」というお話と重なりました（本書七四頁参照）。

ひみつ

中地　「ひみつ」には、「ぴちぴち」という雨の音のオノマトペが使われています。オノマトペはリズミカルに展開したり、フレーズを反復したりすることが可能で、さまざまな形で作曲することができる要素だと思います。明確な意味をもたないので、オノマトペは音楽に近いことばなのかと思います。

谷川　オノマトペは身体の動きに即していますよね。だから子どもたちが喜ぶわけでしょ。日本語というのはわりとオノマトペを許容するし、オノマトペを新しくつくってしまっても抵抗がない言語だから。僕は他の言語をよく知りませんけれども、英語に比べると日本語はたぶん、はるかにオノマトペが豊富ですね。

中地　ドイツ語だと、日本語ではオノマトペで表現する部分を、ほとんど動詞で表してしまいます。

谷川　英語もそうでしょ。

中地　動詞で表現して擬音になりませんね。谷川さんが編集に携われた『にほんご』(福音館書店、一九七九年)という、小学一年生用に独自に構想された「国語教科書」があります。ここでは、オノマトペの部分にマンガの引用があって、「ガシャーン」「ドサッ」「ポチャン」「スルスル」などの文字のコマが描かれています(同書七五頁)。あのページを見て、オノマトペに日本のマンガ文化を発展させた一つの側面があるんじゃないかと感じました。オノマトペによってリアリティや臨場感を表現することができるので。宮澤賢治も草野心平も独創的なオノマトペをつくっています。詩や絵本においても、やはりオノマトペを意識的に使われているのでしょうか。

谷川　そう、オノマトペだけで表現しようとか。そういう気持ちもありますね。

中地　《死んだ男の残したものは》は、反戦歌、プロテストソングの一つになります。谷川さんは子どものころに第二次大戦を体験されて、戦争に対する複雑な記憶があると思います。絵本『せんそうごっこ』(三輪滋 絵、ばるん舎、一九八二年。改訂版 いそっぷ社、二〇一五年)を読んで、私も大きな恐怖を感じました。この曲が生まれるきっかけとなったベトナム戦争のころ、私はまだ幼かったんですが、時代の空気のようなものは感じることがありました。講座でこの曲を歌った学生たちのイメージする戦争は、ベトナム戦争とはおそらく違うものかと思います。世代を超えて歌われる反戦歌からお感じになったことはありましたでしょうか。

谷川　ベトナム戦争のときに書いた歌が今でも歌われているということは、幸せなのか不幸なのか。そう思いますね。世界の状況を見ていると今でも成立する歌なんですよね。それが国と国との戦争じゃなくて、ある派とある派の戦争だったり、テロに近いような戦争だったりするわけだけど。でも、人間の争いや暴力という点では本質は同じなわけでしょ。だから今も成立するんだと思います。

中地　(同行の学生の稲田啓人さんに対して)ベトナム戦争とかわかる?

稲田　飛行機から枯葉剤を撒く映像みたいなものは、小学生のころに見た記憶があります。でも実感はあまりないような気がしますね。

谷川　僕だって日露戦争の実感はないもんね。

中地　私も子どもだったので、ベトナム戦争はリアルなものというより、時代の雰囲気として感じました。たしかにこの歌が今でも人に訴えかけるところがあるということが、ある種の問題を示しているのかもしれないですね。

谷川　そうでしょうね。

中地　《死んだ男の残したものは》が収録されたアルバム『プロテストソング２』（フォーライフミュージックエンタテイメント）が昨年九月にリリースされました。これは谷川さんの詩にフォークシンガーの小室等さんが曲を付けて歌われたアルバムで、今年（二〇一八年）三月には『プロテストソング』（旬報社）という詩集と楽譜集が一緒になった小室さんとの共著も出版されました。プロテストソングのあり方も時代を超えて少し変わってきているのではないかと。

谷川　『プロテストソング』っていうのは小室等さんの発想で、もともとアメリカのプロテストソングからきているんですね。ボキリアンとか。それ以前に「フォークソング」のルーツがアメリカの中西部かどっか、名前が付いてるんだけど、そこに現代の「フォークソング」につながる元があるわけでしょ。小室さんはそれをふまえて「プロテストソング」と言ったんだろうけど、僕の発想の中には「プロテストソング」って言い方はあんまりなかったんです。ただ、僕は基本的に社会に対して外れてるっていうのかな、人間社会っていうものがそんなに好きじゃない人間なんですよ。とくに政治とか苦手だから。だからプロテストソングっていう文脈で自分の詩が読まれるのはまったく自然なことだって気はしてるのね。小室さんが一九七八年に発表された『プロテストソング』に続いて、『プロテストソング2』を作られたのは、今の世界の状況とは無縁ではないと思いますね。

中地　ミュージシャンである小室さんからの提案で始まり、谷川さんがそれまでに書かれた詩を集めて「2」が作られたということですから、そのような内容の詩をその後にも書かれていたわけですね。

谷川　僕が教育制度みたいなものにどうしてもなじめないのは、やっぱり自分の中にプロテスト的なものがあるからだと思いますね。

生きる

中地　次の曲は《生きる》でした。ここは「死」の曲の後に「生」の曲を置き、対《つい》にして構成しました。講座では、「生きる」に関して、「今、ここ」という瞬間の連続が生きること、というお話をいただきました。「死」に関して谷川さんは、年齢とともに捉え方も変わってきたと書かれていました。草野心平の「死んだら死んだで生きてゆくのだ」ということばも引用されていますが、谷川さんの死生観についてお聞きかせいただきますか。

谷川　「死と生」っていうのは反対語みたいに捉えられてるでしょ。死の反対が生で、生の反対が死だと。僕はそれは違うと思ってるんですね。生の先っちょに死があって、それらは完全に同じ地平で連続してると思うんですよ。そこのところが現代の医療にも関連して、日本人が死をどう捉えるかっていうときに、僕が違うと思うところなんですね。たとえば、今の認知症の問題を考えるとき、「死と生」というのは連続して考えないとまずい。それは「意味と存在」っていう考え方にも関わっていると思うんだけど、「生」っていうのはつねに意味で考えていくわけじゃない。だから「死」もどうにか意味を考えようとしてみんな悩むわけじゃないですか。でも「死」は意味じゃなくて「存在」なんですね。「死」はそこに否応なくあるわけだから。それを意味づけるのは各自が勝手にすればいい。「死」は本来、意味なんかもってないんだってことを納得してないから、みんないろいろ悩むわけですね。「死」というのは自然なものであって、人間は社会という偉大なものを作り上げたけれども、実際には虫とか魚とかと同じような生き物にすぎないって考えるようにすれば、いいんじゃないのかな。

中地　死の意味を考えるからみんな悩む……。

谷川　そう。みんな「死」が怖いからどうしても考えるわけですね。「死」が怖くなくなるっていうのがすごく大事だなと思いますけどね。

愛

Paul Klee に

いつまでも
そんなにいつまでも
むすばれているのだどこまでも
そんなにどこまでもむすばれているのだ
弱いもののために
愛し合いながらもたちきられているもの
ひとりで生きているもののために
いつまでも
そんなにいつまでも終らない歌が要るのだ

天と地とをあらそわせぬために
たちきられたものをもとのつながりに戻すため
ひとりの心をひとびとの心に
塹壕を古い村々に
空を無知な鳥たちに
お伽話を小さな子らに
蜜を勤勉な蜂たちに
世界を名づけられぬものにかえすため
どこまでも
そんなにどこまでもむすばれている
まるで自ら終ろうとしているように
まるで自ら全《まった》いものになろうとするように
神の設計図のようにどこまでも
そんなにいつまでも完成しようとしている
すべてをむすぶために
たちきられているものはひとつもないように
すべてがひとつの名のもとに生き続けられるように
樹がきこりと

少女が血と
窓が恋と
歌がもうひとつの歌と
あらそうことのないように
生きるのに不要なもののひとつもないように
そんなに豊かに
そんなにいつまでもひろがってゆくイマージュがある
世界に自らを真似させようと
やさしい目差でさし招くイマージュがある

死と炎

Tod und Feuer 1940

かわりにしんでくれるひとがいないので
わたしはじぶんでしなねばならない
だれのほねでもない
わたしはわたしのほねになる
かなしみ
かわのながれ
ひとびとのおしゃべり
あさつゆにぬれたくものす
そのどれひとつとして
わたしはたずさえてゆくことができない
せめてすきなうただけは
きこえていてはくれぬだろうか
わたしのほねのみみに

かなしみはあたらしい／いなくなる／
天使、まだ手探りしている

中地　《かなしみはあたらしい》と《いなくなる》は『子どもの肖像』から、また《天使、まだ手探りしている》は『クレーの天使』からの作曲です。この三篇の詩は、いずれも写真や絵からインスパイアされたものです。「瞬間」を切り取るという写真の性質は、詩にも通じるものかと思います。視覚、つまり「見たもの」から詩が生まれるということは……。

谷川　不思議ですよね。写真に表れた瞬間をことばに映すっていう一つのやり方がありますよね。それは、ほとんどキャプションに近いものから、そこから連想がすごく飛んじゃって、なんでこの詩がついているんだかわかんないものまで、いろいろあると思う。僕は『んぐまーま』（大竹伸朗 絵、クレヨンハウス、二〇〇三年）で、意味がない前衛絵画を見て詩を書いたことがあるんですけど、何が描かれているんだかわかんないような絵を見てことばが浮かんでくるっていうのは、僕にとってはすごく新鮮な経験だったんですね。それは、『もこ　もこもこ』（文研出版、一九七七年）っていう元永定正の絵本で最初に経験したことなんだけど。そのころはまだ意識してなかったんだけれど、何が描かれてるんだかわからない一種の抽象的な絵を見てことばが出てくるっていうことの面白みを、クレヨンハウスの「赤ちゃんから絵本」というシリーズでずっと続けてるんです。映像的なものと言語的なものが、全然違うようでいて人間の身体と心の中でどこかつながっているものがある。考えてみれば一人の人間が同じことをやっているわけだから、つながってて当然なんですけどね。

中地　講座でも、無意識の言語以前のものからいろいろな芸術が生まれる、というお話がありました。音楽と絵、どちらも詩とは異なる聴覚や視覚からの影響ですね。谷川さんは、音楽の場合と写真や絵の場合とで、詩との関わり方は違いますか。

谷川　音楽の場合、音楽の力が強いから、それに支配されちゃうんですよね。だから、写真や絵を見て出てくることばとはどうしても違いますね。

中地　音楽のほうがその力に揺さぶられると。

谷川　揺さぶられるから、わりと意味のあることばが出てきますね。

中地　抽象絵画を見ていると、むしろナンセンスなことばが生まれてくる……。

谷川　そうですね。

中地　たとえば、ヨーロッパの音楽教育ではそういう視点が以前からありました。エミール・ジャック＝ダルクローズの動きと音楽を関連づけた教育方法であるリトミックでは、動きと音楽の関係を重視しています。ドイツの作曲家カール・オルフが提唱した音楽教育でも、ことば・動き・音楽の関係を重視しています。music

の語源である古代ギリシャの芸術「ムシケー」も、この三つが関連したものと考えられています。音楽と動きとことばの関わりは、ヨーロッパの芸術文化の中で無視できない側面があります。ドイツの音楽教育に「転換 Transformation」という考え方があるんです。表現の「フォルム」（形式）を「トランス」（越える）するアプローチで、音楽を聴いて絵に描いたり動いたりする活動が行われます。

谷川　そういう意味での「トランス」、なるほどね。

中地　表現の形態を変えるアプローチですね。一方、「動き」を見て「音」を作るというような逆の活動もあります。以前、日本オルフ音楽教育研究会で谷川さんにお越しいただいた背景には、そのような共通点がありました。今までのお話では、谷川さんの詩は、音楽からことばが、いろいろな芸術からことばが生まれて、詩作のきっかけになるということでした。「転換」というのは、そのようにさまざまな感性を刺激するようなアプローチかと思います。

谷川　なるほどね。人間を全体として捉えるためには、それはすごく大事だと思いますね。だいたいみんな、感覚を視覚とか聴覚とか嗅覚とかに分けますけど、実際は人間の中には一つのものとしてあるわけだし、そうやって受け取ってるわけだからね。

中地　そうですね。アリストテレスは、一つの感覚だけでなく感覚全体で一つの事象を受け止めることを「ポリアイステシス＝多元的認識」ということばで示していたそうです。学校の教科や芸術の分野などで、それぞれが分断されてしまうこともあるので、それを回復するような教科横断的なアプローチもドイツやオーストリアで提唱・実践されています。

谷川　まあ言語はどうしてもそうして分けていくものだから、言語を通してやるとそういうふうに分割しちゃうんですよね。だからそれを「バイナリー binary」で捉えるんじゃなく、「ホール whole」で捉えることが今の人間にはきっと難しくなってるんですね。

中地　マルチメディアということが広く聞かれるようになって、パソコンやスマホの世界ではいろいろな感覚がつながってきている流れがあります。かつては文字しか打てなかった機器に、音楽も映像も取り込めるようになってきている。日常生活の中では、テレビにしても映画にしても表現媒体が統合されているけれど、教育ではまだそれをどうつなげていくかということが課題になっていると思います。

信じる

中地　《信じる》は、合唱コンクールの課題曲として広く歌われ、今でも多くの学校で歌われています。課題曲がコンクールの後にも歌い続けられるのは、作品に力があるからだと思います。詩にもコンクールや賞があると思いますが、それについてどう思われますか。

谷川　もう何十年前になるかな、僕はある時点で賞の審査を全部断るようになったんです。たとえば高見順賞は毎年優れた詩集に与えられる賞ですが、一年間に出されたたくさんの詩集を読むだけでしんどい。もっと大事なのは詩集に優劣をつけるってこと。とくに現代詩の場合は、選考委員の主観で優劣を言うしかないんですけれども、その評価が他の選考委員となかなか一致しなくて、今年は受賞作なしにしましょうとか、そういうこともありましたね。何より詩に優劣をつけるっていうことが、基本的に無理なんじゃないかって思うようになったのね。それで結局、賞の選考委員は辞退してるんです。

中地　音楽でも優れた演奏とそうでない演奏というのがあることにはあるんですけれど、その評価は何を基準にするかで違ってきますね。

谷川　音楽の場合、ある評価基準があって、それに達していればいいけど、達していなければ下手だっていうのはわかりやすいでしょ。

中地　技術的には判断しやすいんですけど、解釈など別の視点が入ってくると難しくなります。とくに学校内で行うときには。たとえばクラスでの協力の姿勢など、音楽以外の要素も無視できないので。

谷川　たとえば短歌・俳句の場合、形式が合っているか合ってないかで一定の基準が設けられるから優劣を決めやすいですけど、現代詩の場合は、作者に僕はこう書きたかったんですよって言われたら、反論できないところがあるわけですね。

中地　むしろそこに現代詩の特色が出るわけですね。

谷川　そうですね。

中地　合唱コンクールは、長所と短所が表裏一体みたいな面がありますね。コンクールによって歌が広まっていったり、技術が向上していくこともあれば、コンクールが音楽をする目的になって、それに付いていけない子どもがやめてしまったりすることもあります。

やわらかいいのち

中地　《やわらかいいのち》は、作曲者の松下耕先生にとってたいへん思い入れのある曲ということで、前年の合唱講座でもご指導いただきました。松下先生の指揮によるＣＤ『松下耕が描く　谷川俊太郎の世界』（日本伝統文化振興財団、二〇一四年）にビデオ映像が収録されていて、そこで谷川さんは「これは観念的に書いた詩ではない」というお話をされていました。ＮＨＫの番組のために、ビデオに映っていた子どもを見られて書かれた詩ということでしたが、谷川さんの周囲の人たちからも詩を作るうえで影響を受けられたのでしょうか。

谷川　この詩には自分の体験も入ってますね。家《うち》は幸いにも子どもたちがね、そんなに荒れたりしないですんだから、親としての実感っていうものはないんですけども。映像を見たり、話を聞いたりすると、親でなくても親世代としては、そういう若い人たちの病的な状態っていうのは、やっぱりすごく気にはなるわけですよね。時代に関係なく、今でも当然いっぱいあることだと思うんですね。そういうリアルな現実に対して、「詩の形で何が言えるか」っていうことは、つねに自分の中で問題だったから。映像の助けもあったんですけどね、自分としては、そういう人たちに向けてある程度のことが言えたっていう感触はありましたね。あの世代の、それかもうちょっと上の世代かもしれないけれど、ああいうふうにやや病的になった状態の人たちに対して、詩としてはわりとよく書けたと自分では思っているんですね。たまに朗読会などで、長い詩なのであまり全部は読みませんけど、一部分を読んだりしてます。

中地　この曲は講座で学生もとくによく歌っていたと思いました。

春に

中地　講座の最後に、《春に》を客席にいた参加者も一緒に会場全体で歌いました。この曲は《信じる》と同じように全国的に広く歌われています。中学校の国語の教科書にも載っていたことがあり、その指導書に寄せられた谷川さんのコメントも読みました。東京オペラシティアートギャラリーで開催された谷川さんの個展（二〇一八年一月十三日〜三月二十五日）では、何篇かの詩がパネルで展示されていて、その中に「春に」も入っていました。ご自身ではこの作品をどのように捉えておられますか。

谷川　「春に」は、自分が書いたものの中でとくに優れた詩だとは全然思ってませんが、作曲家の木下牧子さんの曲のおかげで、ものすごくポピュラーになっちゃった。曲で聴くと自分でも感動するんですよね。この詩は、自分が若いころに書いたものだから、一種の衝動みたいなものが自分の中に生きていて、観念的に春を捉えたんじゃない気がしますね。だから、合唱になったときもみんなが生き生きとして歌ってくれるんじゃないかな。

中地　詩が合唱を通じてよりポピュラーになった例ですね。個展のパネルの詩は、谷川さんが選ばれたんでしょうか。

谷川　いやいや、全部お任せです。

中地　選んだスタッフの方は、おそらく合唱曲もイメージされたのでしょうね。

谷川　そうでしょうね。僕がこの詩の中で気に入っているのは、感情ってものは単一のものではなくて、いろんなものが混ざってるってことですね。

中地　感情には矛盾しているものが混在しているという。

谷川　そう。矛盾したものをわりとはっきり書けたなっていうのが、僕がこの詩を評価するところなんです。子どもから質問が来ましたよ、「なんで悲しいのにうれしいのか」って。みんな矛盾してることばにあんまり慣れていないから、感情ってものはそんな単一じゃないんだってことを言わなきゃいけなかったんです。だから、それが広まったってだけでも、合唱曲の意味があるんじゃないかなって思いますね。

中地　「この気持ちはなんだろう」というフレーズが何回も出てきます。「バイナリー」というお話がありましたけれど、一つのことばで表せないものが感情だということでしょうか。

谷川　そう、歌は歌われることで、その分割されたことばを一つにする力があると思いますね。

中地　合唱講座では、ステージと客席が一緒に歌ったので、声の響きで空間が一つになったような、とても素晴らしいフィナーレだったと思います。

間奏曲３

学生からの質問

中地　（同行の学生の稲田啓人さんと千葉のどかさんに対して）谷川さんにお訊きしたいことはありますか。

稲田　小学六年生のときの担任の先生が谷川さんの詩が大好きで、卒業式の前にみんなで「生きる」の詩を読んだことがあったんです。自分の中では「生きる」っていうと、そのころは単に日常生活のことばっかりしか思わなかったんですけど、「それはミニスカート」ということばが出てきたときに「これってなんなんやろう?」となったことがありました。自分の中でそれが衝撃だったというか、他の詩で見たことがないことばがたくさん並んでいた。それでも最後の「あなたの手のぬくみ」ということばにつながってくなかで、こことここはどういう関連があるのかわからないっていうのがあって、なんかすごいな、あれって何だったんだろうと、いつか訊いてみたいなって思っていました。

谷川　「生きる」という詩を書いた時代っていうのは、ミニスカートが流行り始めた時期だったんですよ。それまでスカートっていうのはだいたい膝下で、脚なんか見えなかったわけ。だけどミニスカートになって、バーンと太ももまで見えるようになったのがすごく新鮮だったわけですよ。僕もまだ若かったしね。ミニスカートは一種の生きる自由のシンボルになったわけね。ちょうどファッションもどんどん動き出してた時期だし、生きる喜びみたいなものの象徴として使ったわけですね。プラネタリウムっていうのはもっと広い宇宙の中で生きることを考えるってことのシンボルで、ミニスカートっていうのはその時代の風俗の面白さ、楽しさを表していると思うのね。

稲田　ありがとうございます！

谷川　あの時代のことを知ってる人はわりと納得するんだけど、知らない人はなんでミニスカートが出てくるんだって必ず言うんですね。

中地　女性も男性もミニスカートというファッションに新しい時代の空気を感じたところですね。

千葉　私は感想になってしまうんですが、合唱講座で谷川さんの自作朗読を聴かせていただいてとても感動しました。それまでの学校教育の中では、朗読のＣＤを聴いたり、先生の朗読を聴いたりする経験がほとんどだったんです。それは演じるというか、悲しい詩だったら悲しく読むというような朗読だったんですね。でも谷川さんはすごく自然に詩を読まれていて、そのことばが自分の中に響くというか、流れてくるような感覚があって、それが私にとってとても新しい経験でした。今日の谷川さんのお話にあったように、自然に受け渡すように話され、それがこちらに受け渡されて、いろいろな意味で新鮮な経験でした。

谷川　そういうふうに聴いてもらえればたいへん嬉しいです。

千葉　どうもありがとうございました。

谷川　こちらこそ、どうもありがとう。

第Ⅳ楽章

目の前の誰かに手渡すように

声・朗読・合唱

合唱

遠くの国で物のこわれる音がして
幾千万のちりぢりの会話が
終日僕を苦しめる

多忙な時間
非情な空間

机の上の英和辞典に
何かしれぬ憤りを覚えながら

僕は地球の柔らかい丸味を
実感したいとおもっていた
その午後
未来は簡単な数式で予言されそうだった
そしてその午後
合唱という言葉が妙に僕を魅惑した

1950.4.21

合唱と声

人々をつなぐ合唱

中地　合唱講座の中で、谷川さんから「詩は音楽にあこがれる」というお話がありました。音楽の側から見ると、谷川さんの詩にあこがれて多くの合唱曲が作られ、それを歌った人たちがその詩にあこがれるという広がりがあります。ご子息の賢作さんが言われているように、谷川さんの詩と音楽はまさに「相思相愛」という感じがします。

谷川さんの初期の作品を集めた『十八歳』(沢野ひとし 絵、東京書籍、一九九三年)という詩集の中に「合唱」というタイトルの詩がありました。この詩が書かれたのは一九五〇年ですから、講座で合唱した学生たちと谷川さんがちょうど同じ年ごろに書かれた作品ですね。そのころは、ご自身の詩がこのようにたくさんの合唱曲を生むことになるとは想像されていらっしゃらなかったと思いますが。

谷川　全然想像してませんでしたね。

中地　この詩の最後に「合唱という言葉が妙に僕を魅惑した」という一節があります。谷川さんが十八歳から二十歳くらいのころ、合唱というものをどのように感じてらしたでしょうか。「遠くの国で物のこわれる音がして／幾千万のちりぢりの会話が／終日僕を苦しめる」「その午後／未来は簡単な数式で予言されそうだった」と、時代の様子を書かれています。

谷川　この詩を書いたころは朝鮮戦争の直前でしたから、やっぱり世界のあり方について相当危機感をもっていましたよね。核の問題ももちろんあったわけだし。その意味で状況は今とちょっと似てるかもしれない。でも、そのころのほうがずっと切実でしたね。朝鮮戦争は隣の国で起こって、僕らもむかしだったら徴兵されて戦場に行くような年齢だったわけだから。そのころ、徴兵ってことはもうありえないとは思っていましたけれど。

中地　この詩は合唱について書かれている詩ではなくて、当時の世界に対して「合唱」ということばが何か魅惑するものをもっていたと。

谷川　そうですね。身近に戦争が起こっていて、自分はわりあい「二十億光年の孤独」的な人間だったわけですから、何人かの人間が声を合わせて一つの歌を歌うっていうことが、一種の夢みたいに感じてたんだと思いますね。だから「合唱」ということばで、他の人との協力とかハーモニーとかっていうものをシンボルとして捉えているんだと思います。

中地　合唱という営みが、壊れた世界をまとめるというような……。

谷川　合唱そのものにはそんな力はないと思うけれど、人間は戦争をして殺し合いをするけれども、みんなで「声を合わせて歌う」ってこともできるんだっていうことでしょうね。そのコントラストを書いたんだと思います。

中地　今でも実際に、たとえば《信じる》や《春に》など、谷川さんの詩を学校で歌うことがあります。合唱には大なり小なり人をつないでいく力があるのかなと思います。

谷川　うん、そうですよね。はい。

さまざまな合唱のかたち

中地　講座でも谷川さんから合唱についていろいろなお話をいただきました。われわれがふだん学校などで行っている合唱よりも、谷川さんはもっと広く合唱というものを捉えていると感じました。まず、ギリシャ悲劇の「コロス」や、能の「地謡」といった演劇にある合唱の要素です。それからJ・S・バッハの《マタイ受難曲》、宗教曲にある合唱の要素です。

また、講座の前半に《海行かば》のお話がありましたが、これは当時の状況から「軍歌」ということになると思います。さらに戦後のアメリカのラジオ放送で無機的に感じられた「女声コーラス」のお話や、ロシアの「赤軍合唱」をベルリンで聴かれて感動したというお話もありました。《死んだ男の残したものは》はプロテストソングですね。つまり、「声を合わせる」ということが合唱の本質にあって、古代から中世、近代から現代へと、さまざまな形をもっていることを、谷川さんのお話からあらためて考えました。

一方、現代音楽の中では、作曲家の湯浅譲二さんとのコラボレーションで、ゴーグルをしてわざとコミュニケーションを避けるような合唱とか、人間を超えた「初音ミク」のお話などもあって、ことばと合唱、あるいは人をつなぐものとしての合唱というのは、長い歴史の中で変化し発展しているんだと感じました。

さらに、谷川さんのお話の中で、詩を「一対一」の関係で考えているというお話がありましたが、「集団のことば」としての「詩」というものもあるのでしょうか。

谷川　詩っていうのは基本的に集団のことばとはあんまり親和性がないっていうのかな。つまり、歌は合唱になって成立するし、演劇はコロスとか地謡とかという形では成立するけれども、われわれが書いている現代詩はそういうものにはそぐわないですね。

中地　シュプレヒコール Sprechchor というドイツ語からの外来語があります。「ことばの合唱」というふうに訳されることもありますけれど、集団が唱えることばというのは詩のルーツの一つにもなるのでしょうか。

谷川　現代詩のルーツはそこにはないですね。学生運動が盛んだったころにわれわれもそういうことばの洗礼を受けているわけですよ。僕は少なくとも、そういうものに反感をもってましたね。それは詩じゃないっていうふうにね。

中地　たとえばプロテストソングを書かれるときには、集団で歌うことも……。

谷川　それは僕は全然予想してなかったですね。

中地　やはり「一対一」の延長として。

谷川　そうですね。基本的にソロで歌われるものだというふうに思ってました。肉声の中にプロテストの気持ちが入っていなければいけないっていうふうに思っていましたけどね。

中地　谷川さんと経済学者の内田義彦さんとの対談の中で、音楽は本来方向性をもたないけれど、人を特定の方向に引っ張る力の大きさがある、というような一節がありました（『対話　言葉と科学と音楽と』藤原書店、二〇〇八年）。音楽は人間に秩序をもたらすとともに、秩序とは違う方向に人間を導くということがある、合唱の中にはそういう力もあると思いました。

谷川　当然ありますね。ワーグナーなんてまさにその最たるものなんじゃないでしょうか。第二次大戦当時の人々を酔わせてしまうわけでしょ。

中地　《マタイ受難曲》の中にも合唱がありますけれど、それは信仰というものと結びついていて、集団の声は一人の声とはまた違ったエネルギーをもっているような気がします。

谷川　そうだと思いますね。合唱はキリスト教信仰っていうものの一種の中心をなすものなんでしょう? 僕は神とは一対一で向かい合いたいと思ってるから、既成宗教のもっているような集団的な信仰っていうのは全然ピンとこないんです。でも、《マタイ受難曲》を聴くとやっぱり音楽の力を感じる。それに、単純なことばが合唱で歌われると、すごく生きるんですよね。そのことばのもっている意味を超えて訴えかけてくるところがある。そういう意味では音楽は恐ろしいものでもあると思いますね。

中地　先ほどの「合唱」という詩では、戦後の混乱期や朝鮮戦争といった時代を背景に、若者であった谷川さんが、逆に合唱というものに何か調和するものを感じ取られて……。

谷川　それはでも非常に観念的なものでしたね。とくに合唱が好きだってわけでもないし、合唱曲をたくさん聴いているわけでもなくて、合唱っていうことばのもっている力をハーモニーの象徴として感じたということだと思います。

中地　声を合わせるということには、プラスのエネルギーを生み出す面もあるし、あるいは違う方向にも行ってしまう。古代ギリシャ以来の合唱の流れを見るなかで、その両方の可能性があると感じます。

谷川　両方ありますね。いわゆる西洋のクラシック音楽の合唱には、基本的にベルカント(十五世紀末から十九世紀にかけてイタリアで発展した歌唱法)っていう発想があるでしょ。僕はそういうクラシックの様式化された合唱の中でも好きな曲があるんですけれども、同時にたとえば芸能山城組（世界の民族音楽を主題にしたパフォーマンス集団）なんかがやっている一種の地声での合唱も好きなんですね。そこにはブルガリアあたりの民衆の歌みたいなものがある。僕は早い時期からそういう音楽のＬＰを買って愛聴してたんです。今、息子の嫁さんがそのブルガリアの合唱に凝っていて、彼女はブルガリアに行って歌ったり、芸能山城組のライブにも出ていたりするんですけど、ベルカントよりもそういう地声っぽいというか、訓練されてない歌のコーラスにすごく惹かれますね。

中地　講座のお話の中で、「声の中にも雑音が必要」というお話がありましたが、さまざまな様式によって声の出し方も異なるということがあります。

谷川　キャシー・バーベリアンっていうアメリカのソプラノ歌手がいて、彼女はいろんな声が出せる人だったのね。一九六〇年代かな、日本にも来たことがあって、湯浅譲二と一緒に彼女のコンサートに行ったこともあったんです。訓練された声でも歌えるし、地声っぽい声でも歌える。その当時から僕は、ベルカント的に歌うのか、地声で歌うのかみたいな問題意識はありましたね。ミュージカルが盛んになってきたときに、ミュージカルはやっぱり必ずしもベルカントじゃなくて、地声的なものも入ってると僕は思ってたんですけど、どうなんでしょうね。

中地　ミュージカルの場合はマイクを使って歌うので、クラシックの発声法とは違うところがありますね。

谷川　違いますよね。僕はだから、ミュージカルの歌はベルカントのもってるいやらしさがなくていい、というような印象をもってたんです。僕は実際に劇団四季のミュージカルを観たわけじゃないからよくわかんないけど、浅利慶太（劇団四季の創設者の一人で演出家）の演技指導は、明治以来のいわゆる新劇とは違うものであることは明らかですね。セリフを歌い上げたり絶対しない。それは散文的な発声の仕方、散文的な演技で、ようするに、登場人物の「心理」ではなくて、そこに書かれてある「ことば」のほうに自分をもっていけ、ということなんですよ。それが僕が二十代から三十代にかけて感じた劇団四季のミュージカルの良さだったと思います。僕はそういう演技のほうが好きでしたね。

中地　演劇の中にある合唱の要素は《マタイ受難曲》などにもあると思いますが、イエスとかピラトなど登場人物がはっきりしている場合に独唱になり、群衆や状況を語る超越した立場の場合には合唱になったりします。声が重なることによっていろんな立場を表せるということは、ギリシャ悲劇とか能とか、オペラ、ミュージカルにもある要素かと思います。先ほど、詩は個と個で成立しているのに対して、合唱では個がだんだんなくなって別の性格が生まれてくる、というお話がありました。

谷川　個を自立させないというのかな。ソロはあくまで個を立ち上がらせるわけでしょ。でも合唱はそういうふうに個を目立たせたらまずいんじゃないかって思いますね。

中地　とくに西洋のスタイルのものはそうですね。このたび、新たに「合唱」（巻頭に掲載）という詩をお寄せいただいて、みんなで読ませていただき、本当に感動しました。詩の中に「私の声ではありません／あなたの声でもありません」という一節がありました。一人の声とはまた違う声に合唱がなっていく。個と個の関係にあった詩が合唱になることによって、何かまた別の次元になっていくように感じました。

谷川　合唱は一種の宗教的な次元の違う高みに行く場合もあるし、一種のアジテーションみたいなところもありますよね。だから、合唱はその両面をもっているということを自覚していたほうがいいな、というふうにはずっと思っていましたね。

中地　シュプレヒコールも、日本語ではどちらかというと後者の意味で使われますね。

谷川　そう、アジテーションですね。

中地　プロテストソングはむしろ、主張するための歌という面があります。

谷川　そうですね。プロテストソングでも、僕の考え方ではあくまで個人に根を下ろしたプロテストがまずありますね。

東京・杉並区の自宅にて

そのひとがうたうとき

そのひとがうたうとき
そのこえはとおくからくる
うずくまるひとりのとしよりのおもいでから
くちはてたたくさんのたいこのこだまから
あらそいあうこころところのすきまから
そのこえはくる

そのこえはもっととおくからくる
おおむかしのうみのうねりのふかみから

ふりつもるあしたのゆきのしずけさから
そのひとがうたうとき
わすれられたいのりのおもいつぶやきから
そのこえはくる

そののどはかれることのないふかいいど
そのうではみえないつみびとをだきとめる
そのあしはむちのようにだいちをうつ
そのめはひかりのはやさをとらえ
そのみみはまだうまれないあかんぼうの
かすかなあしおとへとすまされる

そのひとがうたうとき
よるのなかのみしらぬこどもの
ひとつぶのなみだはわたしのなみだ
どんなことばももどかしいところに
ひとつのたしかなこたえがきこえる
だがうたはまたあたらしいなぞのはじまり

くにぐにのさかいをこえさばくをこえ
かたくななこころうごかないからだをこえ
そのこえはとおくまでとどく
みらいへとさかのぼりそのこえはとどく
もっともふしあわせなひとのもとまで
そのひとがうたうとき

朗読と声

合唱と朗読のコラボレーション

中地　講座では、合唱曲の詩を全篇朗読していただきましたが、合唱と朗読に共通する要素に「声」があります。「ことば」ももちろん共通しているのですけれど、より具体的には「文字」ではなく「音」としての「声」ではないかと思いました。本書のタイトル『声が世界を抱きしめます』も、合唱と朗読の両方を含む表現として、書き下ろしていただいた「合唱」の詩から選びました。講座では朗読と合唱を交互に行うような形でお願いしましたが、そのような機会はこれまでもあったでしょうか。

谷川　あんまりないですよね。もちろん、音楽との一種のコラボレーションは賢作ともやりますけれど、合唱とはほとんどないんじゃないかな。

中地　そうですか。貴重なコラボレーションをお願いできてたいへん光栄でした。学生たちもまたとない体験が得られて感動していました。講座の前半では合唱を聴いていただいてから朗読をお願いし、その後は朗読の後に合唱を、あるいは二作品続けてというように、いろいろな形での朗読と合唱を組み合わせました。後半では谷川さんから、朗読の後にすぐ合唱につなげて一体化するような形のほうがいいのではないかというご提案がありました。何か新しい朗読と合唱のコラボレーションの形が見つかったような気もします。

谷川　うーん、そこまではいかないと思いますけども、合唱におけることばの問題は、合唱のために詩を書き始めたころからずっと気になっていたんですね。合唱に限らず歌われる日本語の発声というものが確立されてないっていう印象をずっともっていて。それがここ二〇年くらいかな、だんだんそうじゃなくなってきているという印象をもっているんです。やっぱり明治維新以来の西洋的な音楽教育というのが今の子どもの教育にも入ってきているわけでしょ。小学校から音楽大学まで、ベルカントっていうものがあるんじゃないんですか。

中地　そうですね。ただ最近では、学校でも日本の伝統的な発声法で歌うという内容が入ってきたり、NHKの合唱コンクールの課題曲にもJ‐Popがどんどん入ってきたりしています。学校の音楽の授業での歌い方もいろいろ変わってきています。昭和のころは独唱の発声方法のままで合唱して、声が一つにまとまらずに、ことばとしてははっきり聞こえてこないことが多かったと思うんですけれど、近年は指導者も合唱と独唱の発声方法の違いを意識しています。

谷川　なるほどね、最近の合唱ではわりとことばが聞こえてきますすね。

中地　講座でも《死んだ男の残したものは》や《生きる》を歌った後に、ことばがよく聞こえたというコメントを谷川さんからいただきました。学生、生徒、子どもが歌う場合は、あまり独唱風に歌わないので、かえってことばが聞こえたりすることもあります。

谷川　そうですよね。

自作の朗読

中地　朗読と合唱のコラボレーションに関連して、詩の「朗読」についてもお聞きしたいと思います。合唱の声もそうですが、朗読でもいろいろな声の出し方や読み方があると思います。私は谷川さんもよくご存じの、はせみつこさん（ことばパフォーマー、女優）の晩年に、コラボレーションでご一緒しましたが、はせさんのような動きを加えたパフォーマンスとして朗読する方向もあると思います。自作の朗読に関してどのようにお考えになっていますか。

谷川　詩を声に出して読むっていうことは、何かチャンスがあったから始まったみたいなところがあるんです。日本の現代詩は一九五〇年代から書かれ始めたわけだけれども、僕の場合には当時、朗読ってことは全然念頭になかったですね。活字としてメディアにのせるというルートしか考えてなかったんです。なぜかというと、ＮＨＫの資料室にある古いＳＰ盤に残されていた死んだ詩人たちの声を聴いたからなんですね。ようするに、朗読は記録として残っているものなんだというふうに思い込んだわけですよ。

だけど、アメリカで一九六〇年代に詩人たちの生々しい自作朗読とそれに対する聴衆の反応を聴いて、詩の朗読はレコードの中に閉じ込められたものではない、活字による伝達と同じくらい声による伝達は詩にとって大事だっていうふうに考えるようになったんですね。それ以来、自分の詩に対する考え方もずいぶん変わってきた。もちろん、日本語の音的な側面については観念的には考えてましたけども、それを生かしてどういうふうに伝えるかみたいなことまでは考えてなかったから。だからアメリカに行って詩人たちの朗読を聴いたのは、やっぱり大きかったんじゃないでしょうかね。

中地　ご自身の詩を朗読されるときには、読み方のスタイルといったようなものはありますか。

谷川　スタイルなんてなくて、できるだけ日本語がはっきり聴衆に聞こえるように、ろれったり間違えたりしないように読む。それが基本で、あとは自然に声に出して読んでよいと。今はＰＡ（音響拡声装置）の性能がすごくよくなってますから、むかしみたいに生声で届くようにしなきゃいけないってことはない。そういう意味では楽なんですけど、むしろマイクと自分の口の距離とか、その部屋のアコースティックとか、そういうものは気になりますね。ちなみにコンサートに向いているホールは朗読には向いてないね。残響が多すぎてことばが曖昧になっちゃうんですよ。

中地　谷川さんは自然に読むことを心がけているわけですね。

谷川　基本的に僕はそうなんです。アメリカに限らず国際的な詩祭なんかに行って、いろいろな読み方をする詩人たちの朗読を聴く機会もありましたね。たとえば「パフォーマンス・ポエット」っていうスタイルがある。つまりただ印刷されたもの、あるいはことばに書いた詩を、誰かに伝えるために素直に読むんじゃなくて、人を楽しませるために楽器を演奏したり、自分で踊ってみたり、そういうパフォーマンスをする詩人たちもいるわけです。でも僕にはそんなことはできない。僕が模範にしたのは、ゲーリー・スナイダーっていう僕と同世代のアメリカの詩人の朗読なんです。彼はビートニク（一九五〇年代の米国を中心に現れた、物質文明的な志向に背を向けた若者たち）の詩人なんだけれども、彼は自分の書いたもの、文字になったものを目の前の誰かに手渡すように読む、っていうんですよ。僕はそれが自分にも向いていると思って、基本的にはその線でやってるんですけどね。でも時々、ちょっと受けたくなることもある。たとえば「かっぱかっぱらった」みたいな詩は、手渡すってもんじゃなくて、やっぱりパフォーマンスしないと面白くないわけでしょ。だから、詩によってはそういうふうに聴き手に受けるように読むこともありますね。

中地　自然に読んで手渡す、というようなことを心がけて朗読されている。
谷川　たとえ聴衆が何百人といても、目の前の一人に手渡すっていう感じで読もうと思ってますね。
中地　一対一の関係というものが、朗読のときにも意識されているということですね。
谷川　そうですね。
中地　「生きる」という詩を、東日本大震災の後にいろんな俳優の方が朗読してYouTubeに上げられたことがありました。それについて以前、俳優の人の朗読は感情が入りすぎている、というお話をお聞きしたことがありました。
谷川　そうですね。昨日もある人の朗読を聴いていたんですけれども、詩の朗読は基本的に芝居のセリフになっちゃまずいんですよ。おそらく劇団四季の演技とも共通することでしょうけど、目の前にある文字の日本語を生かすことが基本であって、何も聴衆に対して受けるように、詩に含まれている感情を誇張して読む必要は全然ないんですね。でも読む人はそれだけ不安なんでしょうね。だからどうしても、悲しみがテーマになっている詩だったら悲しく読んじゃう。そうじゃなくて、悲しみがテーマであればこそ悲しく読んじゃまずいんだっていうのが僕の立場なんです。
中地　詩の朗読のことばと、お芝居の台本のことばは違うと。
谷川　違いますね。

中地　合唱の声もまた朗読とは違って、むしろ感情をさらに増幅させるような側面もあって、ピアニッシシモ*ppp*（極く極く弱く）からフォルティッシシモ*fff*（極く極く強く）までさまざまな幅で歌います。

谷川　でも、音楽って感情を超えてますからね。感情ってすごく日常的なものじゃないですか。人と喧嘩したとか、やきもちを妬いたとか、何かをもらって嬉しいとか、そういう日常的な感情とは違うものを詩はめざしているし、合唱もたぶんめざしているんじゃないかなって思います。だからベースには感情的なものがあったとしても、表現としてはそれとは違う次元に行かないとまずいと思うんですよね。

声と身体

中地　朗読の声と合唱の声、それからお芝居の声、さまざまな声があるというお話がありました。もう一つ、声は身体や呼吸と強く結びついていると思います。谷川さんは独自の呼吸法をされているということですし、以前、ザルツブルグでカラヤンのリハーサルをお聴きになって、音楽の身体性や肉体性をあらためて感じたと話されています（『対話　言葉と科学と音楽と』）。文字になっている詩も声にすることによって、身体に共鳴することがあると思います。

谷川　呼吸法とか身体性について、はっきりことばにして考えているというよりも、自分の身体の状態と、詩を人の前で声に出して読むということがすごく密接しているってことは、実体験として感じますね。つまり、体調があまりよくないときには、ちゃんと声にならないから朗読もよくないんです。詩を文字で書いているときには、身体のことはそんなに考えてない。脳で書いているんでしょうね。だけど、詩を読むときには、やはり否応なしに意味じゃないものが出ていくわけですよ。詩を声で受け取る人たちは意味だけを受け取るわけじゃないと思うんですよね。たとえば作者である私の実生活とか、たぶんそういうものも一緒に受け取るんだと思う。受け手は、今日はなんか調子悪いね、みたいなことも感じちゃうわけ。詩は文字化されて、メディアに乗って出ていくわけだけれども、その一番の根っこには言語化される以前の何かが潜んでいると思うんですよ。日本人は古来、それを「言霊」っていうような言い方である程度自覚していたと思うんです。活字では伝えられないような、呼吸法でいう「気」、あるいはプラーナ（サンスクリット語で気息を意味する語）というものが声に出てくる。それが詩を声に出して読むことの意味の一つだと思いますね。

中地　それは、文字のことばとはまた違った新たなエネルギーが声に加わるという感じでしょうか。

谷川　意味ではない何かがプラスされるということですね。

中地　合唱講座を聴いていた国語教育専攻の学生たちが感想文を書いてくれたんです。

詩と音楽を一緒に取り上げることで新たな発見があったという内容が多くみられました。その中で、自作朗読は他の人が読むより説得力がある、という感想がありました。たとえばJ-POPの歌手が他の人の曲をカバーして歌っているのとは違う、自分の曲を歌うのと同じような、作者ならではの説得力を谷川さんの朗読に感じたそうです。朗読の際の呼吸法は、どのようなことをされているんでしょうか。

谷川　いやもう自己流ですね。僕は呼吸法を友達に教わることから始めたんですけど、今は彼に週一回来てもらっています。教わるというより無駄話ばっかりしているんですけどね。でも彼のもっている「気の力」っていうのかな、そういうものにすごく影響されていると思います。

中地　それは具体的には、息を長く吐くような感じですか。

谷川　呼吸法は基本的にみんな同じで、丹田を意識するとか、吸うよりも長く吐くのが大事だとか、そういうところはヨガなんかとも同じなんじゃないでしょうか。

中地　「息」という漢字には「自」と「心」が入っているので、音楽の授業では「息には自分の心が入るんだよ」と指導することがあります。声の源は息で、「息を合わせる」ということばには、気持ちや心を合せるという意味もあります。朗読も合唱もその声の源は、やはり息ということですね。

いるか

いるかいるか
いないかいるか
いないいないいるか
いつならいるか
よるならいるか
またきてみるか

いるかいないか
いないかいるか
いるいるいるか
いっぱいいるか
ねているいるか
ゆめみているか

たいこ

どんどん
どんどこどん
どこどんどん
どどんこどん

どどどんどん
どこどんどん
どどんこどん
どこどこどん

どこどこどこどこ
たいこたたいて
どんどんどんどん
どこへいく

静けさと沈黙

静けさから生まれる音・ことば

中地　つい最近、『聴くと聞こえる　on Listening 1950–2017』（創元社、二〇一八年）という詩集を出版されました。これは音楽についての詩のアンソロジーでもあって、「こういう詩集を待ってました！」というような内容です。この詩集の中に「沈黙」に関する詩がいくつも収録されていて、あらためて「沈黙」と「音」は対になっていると思いました。「沈黙」について、また「沈黙」と詩や音楽との関連についてどのように捉えられていますか。

谷川　僕は基本的に「静けさ」と「沈黙」は使い分けてるんです。「静けさ」っていうのは、地球の上の大気にあるものであって、すごく微小な音を含んでいるものであると。そこには生き物の食べる音とか、自分の呼吸の音なんかも含まれている。そういうものが静けさをつくっていて、それは地球に属しているわけです。それに対して「沈黙」っていうのは地球を離れて宇宙空間にあるもの。そういうふうに使い分けてはいるんですよ。でも日常生活ではいちいち区別してられませんし、詩を書くときも「沈黙」と「静けさ」を厳密に区別しては書いていませんけどね。

「沈黙」を声を出さない状態、ことばを出さない状態っていうふうに考えると、僕はおしゃべりするのは得意じゃないし、自分は「沈黙」のほうに属している人間だと思っています。それは、自分に教養っていうか、知識っていうか、言いたいことが少ないからなんですね。詩を書いている人間だったら、きっとすごく教養があって、いろんな知識があって、言いたいことがいっぱいあるんだろうと思われるけれど、僕はどうもそうじゃない。自分が「沈黙」のほうに属する人間であるってことは、若いころはよくわからなかったけれども、だんだんわかるようになってきていますね。

中地　こちらのご自宅も「静けさ」に包まれていますね。こういう中で詩が生まれるんですね。

谷川　わりと静かですね。やっぱり詩を書くときは静かでないとね。

中地　大学では音楽の練習室からいろんな音がいつも溢れ出てきて、何とかしてもらいたいときもあります（笑）。

谷川　でも、音が刺激になることもあるんじゃないですか。詩は必ずしも自分だけから湧いてくるものじゃなくて、外からの刺激でことばが出てくるっていうことはよくあるんですね。音楽とのコラボレーションでもそうだし、絵本でもそう。音楽からことばが生まれてくるとか、絵からことばが生まれてくるってことは僕にとってはすごく大事なことなんです。

中地　詩を書かれるときには音楽は流さないんですね。

谷川　音楽を聴いていてことばが浮かんでくるときはそれを書き留めておくんだけど、聴きながら書くってことはないですね。

「音の河」と「日本語の大地」

中地　谷川さんが親しくされていた武満徹さんもやはり沈黙を大事にされていました。『音、沈黙と測りあえるほどに』（新潮社、一九七一年）という著作もあります。武満さんの音楽にも「静けさ」や「沈黙」を感じることがあります。

谷川　彼は禅の坊さんみたいに静かに座っていれば曲が書けるっていうタイプの人ではなかった。それはたしかなんですよ。音を出すときにはすごく音色というものを大事にしていて、それはわれわれから見るとすごく複雑な音色ですね。むかしながらの伝統的なハーモニーなんてもんじゃないわけです。そういう意味で彼は絵画的な音を作る人だって僕は思っています。その元になるのはもちろん「沈黙」なんですけどね。彼に「音の河」っていうタームがあるんだけど、この世にはすでに音というものがちゃんと流れていて、自分は音楽を書くことでそれに参加するんだという考え方なんですね。彼にはそういうフィロソフィーがありました。だから、彼は日常生活の中でもわれわれと違う耳で音を聴いていたんじゃないかな。

中地　武満さんの音楽は自然の音に近いというか……。

谷川　何かを連想させますよね。

中地　そこから静けさが感じられる曲も多いと思います。「音の河」というお話から、谷川さんの「日本語の大地に根を下ろしてそこから詩が生まれてくる」という趣旨のお話を思い出しました。これは「音の河」という発想とも通じるものでしょうか。

谷川　自分ではあんまり意識していませんでしたけど、そうかもしれませんね。

中地　すでにある「音の河」や「日本語の大地」から音楽や詩が生まれる、というのは共通するものが。

谷川　まあ、同じでしょうね、きっと。文化ってそういうものなんじゃないですかね。自分はそういうものから自由に書いてるんだとか、伝統なんかくそ食らえみたいなアーティストもいるわけだけど、やっぱり自分の生まれ育った風土と文化的な伝統にどうしても縛られると思いますね。というより、そういうものに縛られないと、同時代の人には受け入れられないだろうという気がします。だから、風土や伝統に抵抗するんじゃなくて、そういうものを楽しんで受け止めて、自分の中から何かが出てくるのを待ったほうがいいと思いますね。

中地　お二人の間に新たな共通点を発見しました。「沈黙」については、合唱講座の中で、ロシアの合唱団をベルリンで聴かれたとき、最後のディミヌエンド、だんだん弱くなって音が消える瞬間にすごく感動されたというお話がありました。

谷川　僕は好きな音楽を聴くとき、その音楽が沈黙から生まれてくる瞬間、それから沈黙に帰ってくる瞬間に感動することが結構あるんです。もちろん、その沈黙の中間に音楽が成り立っているわけですけど、音楽が消え去る瞬間、生まれてくる瞬間っていうのは音楽そのものとはちょっと違うんですね。よくわからないんだけれど、そのときのピアニッシモ的な音っていうものにすごく惹かれるところはありますね。

中地　講座に参観した国語教育専攻の学生たちが書いた感想に、谷川さんが自作朗読で作品のタイトルを読んだ瞬間、会場に静けさが訪れたと書いてありました。それから、朗読の後の余韻に感動したという感想を寄せてくれた卒業生もいました。やはり詩の朗読にも、それこそ言霊や気が降りてくる瞬間がありますね。

谷川　こっちもある程度の静けさになるまで待ちますね。騒々しい中で詩を読み始めるのはきついからね。

中地　ベートーヴェンは、曲が終った後の最後の沈黙が大事だと言っています。彼の楽譜を見ると、最後に休符が書いてあって、その上にフェルマータが付いていたりするんですね。音が終わったところでなく、その後に意味があるということを示しているのだと思います。沈黙というものも、声や音と一緒に考えるべきものかと思いました。イギリス人の音楽教育家で作曲家のジョン・ペインターという人は、「音楽は音と沈黙の組み合わせである」と言っていて、“*Sound and Silence*”というタイトルの本も書いています。

日本の音楽には独特の「間」がありますし、西洋音楽にも曲の始まりや終わり、そして途中にもそういう一瞬止まるようなゲネラル・パウゼ（総休止）があります。谷川さんの合唱曲《信じる》の途中にも、そういう部分がありますが、表現が難しい部分の一つでした。

音楽の前の……

この静けさは何百もの心臓のときめきに満ちている
この静けさにかけがえのないあの夜の思い出がよみがえる
この静けさに時を超えた木々のさやぎがひそんでいる
この静けさをあなたと同じようにモーツアルトも知っていた
この静けさもまた時代のざわめきの中から生れたが
この静けさをどんな権力も破ることはできない

この静けさを私たちは愛する死者とわかちあう
この静けさはまだ生れてこない者たちに捧げられる

美しい大きな木の箱の宇宙でやがて私たちは無垢な子ども
音符の蝶々と戯れ旋律の急流を泳ぎ和音の森に憩い

トレモロの指にくすぐられアダージョの手に抱かれて
いつか見知らぬたましいの地平へと連れ去られる

人が音楽を愛するよりももっと深く　音楽は人を愛してくれる
せめぎあう人の歴史に背いて今日私たちは杯をあげる

この静けさに音は生れ　この静けさに音は還る
この静けさから聴くことが始まりそれは決して終わることがない

第Ⅴ楽章

意味ではなく存在に迫るもの

詩・音楽・芸術

僕は創る

僕は創る　透明な白い仔犬を
洗い立ての僕の感覚《センス》のエプロンから

ピーターパンの若さをもち
宮澤賢治の詩だけを食べて
自動漂白性の毛皮をきた
透明な白い仔犬を僕は創る

かれらは僕のこころの投影で定義され
十代の幼稚な尻尾《しっぽ》と
十代のまじめな眼とをもっていて
しごく無邪気に吠えたてる

すべての僕の仔犬達は
せめて半世紀を生きてほしいが
すべての僕の仔犬達が
創るあとから零になっても
僕は悲しく思わない

1950.3.9

谷川作品の音楽性

詩とことばの調べ

中地　私は以前から、谷川さんの作品はすごく音楽に近いと感じています。

谷川　詩は散文よりはるかに音楽に近いのはたしかですね。

中地　たくさんの詩人の作品の中でも、谷川さんの作品はとくにそう思います。

谷川　それはたぶん、僕が詩を書く前に音楽に目覚めたっていうこととも関係があると思いますすね。俳句や短歌の五七調というような日本語の伝統的な音韻ではなくて、単語と単語が組み合わされたときに、そこに意味を超えた何かを聴き取るっていうことが、自分にとっては言語の「音楽」なんですね。詩を書くときにもことばの「音楽」がちょっとぎこちないと感じるときには書き直すんです。そういう意味で、詩というのは語と語の関係において、音符と音符の関係に近いような音楽性をもっているはずだと思っています。

中地　音の流れというか、リズムとか調べというようなものが詩にもあるのでしょうね。

谷川　もちろんですよ。日本語そのものの中にあるんですね。散文にもあると思う。だから、詩や散文を読んでいて自分の性に合わないなってときは、意味だけじゃなくて、ことばの「音楽」を聴き取っているんだと思います。

中地　言語と音楽との親和性というか、谷川さんの詩の根底にある音楽というものを考えるために、谷川さんの詩に音楽が付けられた作品が実際にどのくらいあるのか調べてみたんです。まず、国立《くにたち》音楽大学の附属図書館で楽譜の蔵書検索をしてみました。国立音楽大学の図書館には四〇万冊ほどの蔵書があるのですが、たとえば「まど・みちお」で検索すると四〇冊です。「草野心平」では四三冊、「北原白秋」は一二一冊です。作曲家では「武満徹」が一七三冊、「三善晃」が一五七冊です。では「谷川俊太郎」はどのくらいだと思われますか。

谷川　やー、見当もつかないね。合唱曲の譜面も含まれるわけですか。

中地　合唱曲も入ってます。曲集の中に谷川さんの詩が一つでも入っていれば一冊になります。ですから曲数ではなくて楽譜の冊数ですね。

谷川　なるほど。それじゃあ相当の数になるんじゃないかなあ。

中地　なんと二〇八冊です。武満徹や三善晃より多いんです。

谷川　へー、作曲家じゃないのにね。

中地　詩人に限ってもまど・みちおや北原白秋より多いんですね。これは一つの音楽大学図書館の蔵書の例ですけれど、これだけの音楽が谷川さんの詩から生まれているということにあらためて感銘しました。ちなみに、作曲家のエドワード・エルガーが一七六冊ですから、それよりも多いということは、もう音楽文化になくて

楽譜所蔵数・楽曲登録数の比較（検索日二〇一八年四月二十二日）

	国立音楽大学附属図書館所蔵楽譜数	ＪＡＳＲＡＣ（日本音楽著作権協会）登録楽曲数
谷川俊太郎	二〇八	二八五七
武満　徹	一七三	五四四四
三善　晃	一五七	一四九〇
北原白秋	一二一	―
草野心平	四三	四〇〇
まど・みちお	四〇	一二九〇
Ｅ・エルガー	一七六	―

はならないということですね。

　さらに、ＪＡＳＲＡＣのデータベースでも調べてみました。それによると、武満徹は五四四四曲で、三善晃が一四九〇曲。まど・みちおは一二九〇曲で、草野心平は四〇〇曲でした。では谷川俊太郎は何曲あるかご存じですか。

谷川　全然知らない。

中地　二八五七曲です！　ですから曲数では武満徹、三善晃、まど・みちおをはるかに凌駕しているんです。

谷川　そういえば時々、著作権使用料に関する分厚い書類が届きますね。

中地　こうしたデータをみても、谷川さんは音楽と親和性が最も高い詩人ということができます。作曲家の作品数よりも多いわけですから、やはり谷川俊太郎という詩人の作品は音楽抜きには語れないというか、音楽家がそれだけ惹かれる魅力が何かあるということだと思うんです。

　そこでさらにお訊きします。今までのお話の中で、詩を書く以前から音楽に惹かれていて、感性の根源的なところに音楽的なものがあったと。また、ご自身もピアノを習われたり、お母様がピアノを弾かれていたり、そういう環境もあったわけですね。そういうなかで、作品の「文体」に音楽性が生まれたのではないかと思いました。

谷川　もちろん、そう言えると思いますね。

中地　それに関して、『詩と絵本の世界』(玄光社、二〇一四年)というとても美しい本の中に、「谷川俊太郎の詩」らしさをどう出すか、という画家の宇野亜喜良さんからの質問があり、谷川さんは次のように答えられています。

「そんなの何も考えてないです。……自分の人間性みたいなものが隠さず出ているところがあって。それは直接的な描写にでるんじゃなくて、言葉と言葉の微妙な音楽的な組み合わせに出てくるものじゃないかと思うんです。やっぱり、その詩人の文体ってあるんですよね」(同書五五頁)。

また、「詩作や絵本製作で最も時間をかけていることは何ですか」という質問に、「推敲」と答えられていました(同書一〇一頁)。やはり推敲するときに「音楽的な」視点から詩を読まれることはあるのでしょうか。

谷川　もちろんありますね。たとえば、ここは音韻的にちょっと一文字多いから直そうとか、そういうことはありますね。詩を読み下したときに、小石か何か混ざっているみたいにそこで躓くようなところは直します。でもそれは表面的で音韻的な推敲であって、もっと語と語の音楽的な関係で直すっていうことが、意味を直すのと同時にあるのはたしかなんですよ。「ここはこうだからこうだ」みたいに、ことばにすることは難しいんですけどね。

このあいだ友達と話していて気が付いたんですけど、僕にはどうも詩を書くときに固有名詞を避けるところがある。僕は樹木をよく主題にしますけれど、ナラとかクリとかクルミとかスギとかマツとかっていうふうにはほとんど書いてないんですよ。固有名ではなく現実を一種「概念化」するんですね。自然にそうなっちゃう。

もう一つは自己表現が少ないってことでしょうか。自分の気持ちとか考えとかを主張する詩が少ない。だから、僕の詩は客観的なことばで書かれているって見られるんじゃないかと思うのね。具体的な植物の名前が出てくると、そこでことばが立つわけです。作曲家はおそらく、その植物の名前にちゃんとメロディーを付けなきゃいけないというようなことがあって、それが「花」であったり「木」であったりすると、言ってみればスムーズなメロディーになる。つまり、作曲は一つひとつのことばの意味を際立たせる必要がないから、「からたちの花」じゃなくて、ただの「花」のほうが作曲しやすいんじゃないかな。そういうことがたぶん、僕の詩が曲になりやすい理由じゃないかと思いますね。

中地　「日本語の調べ」というとき、音楽では「調べ」を「旋律」と表すことがありますが、詩人としてはどういうイメージをもたれていますか。

谷川　それはもう自分の体内に内蔵されているものであって、メロディーでもあり、リズムでもあり、ハーモニーでもあるようなものだと思うんです。俳句の五七五とか短歌の五七五七七じゃなくても、日本語にはことばの調べがあって、自分は生まれたときからその中に生きている。

中地　先ほどの武満さんの「音の河」という話にもつながりますが、「調べ」と「流れ」は近いものかと思います。でもそれは音楽とはまたちょっと違いますね。詩に内在するその「調べ」が音楽家を惹きつける魅力の一つなのかもしれません。歌になることを前提としたことばとそうでない場合の詩とでは、「調べ」の捉え方に違いがあるのでしょうか。合唱曲の場合、すでに書かれた詩に曲が付けられることが多いと思いますが、歌になることを前提に詩を書かれる場合、何か意識されることはあるんでしょうか。

谷川　歌った場合にことばがちゃんと伝わるかどうかってことは考えますね。それから、依頼されるとき、たとえば一番から三番まで書いてくださいなんてことを言われれば、ことばの数を合わせなきゃいけないとか。それに、アクセントなんかもできるだけ合わせたほうがいいわけですね。たとえば校歌の場合は明快で、学校側から校名を入れてくださいとか、小学校だったら一年生から歌えるものでなければ困るとか、いろいろ条件があるから、そういう技術的なことを考えることはありります。でも、そういう前提条件なしに歌われる詩を書くってことはあんまりないかな。

中地　条件に応じて技術的に対応することがあるとしても、歌われることを前提とした詩も、読まれることを前提とした詩も、作る姿勢は根本的にどちらも同じということですね。谷川さんには校歌詞集『ひとりひとりすっくと立って』（山田兼士編、澪標、二〇〇八年）や歌詞集『歌の本』（講談社、二〇〇六年）などもあります。『歌の本』のあとがきに、むかしの詩と比べて「歌詞の方は、歌として聞かずに文字で読むと気恥ずかしいものが多い」と書かれていました。

谷川　やっぱりたくさんの人に歌ってもらうために商業的なものが結構あるからね。

中地　詩集で読むのと、歌われたCDを聴くのとではやはり印象が変わりますね。小室等さんの曲など歌になると七〇年代のサウンドというか……。

谷川　感じがね。

中地　時代の「感じ」がすごく出るところが面白いと思いました。

音楽を聴くこと・詩を書くこと

中地　谷川さんがふだん聴かれている音楽の中で、器楽と声楽、ことばがあるものとないものではどちらが多いでしょうか。

谷川　圧倒的に器楽が多いんじゃないかな。自分の息子が書いたものは別ですけど、いわゆるポップスはほとんど聴いてませんね。時期によって聴く音楽は変わりますけど、今僕が聴いているのはハイドンの弦楽四重奏です。ハイドンの弦楽四重奏曲のボックス（全集ＣＤ）を買ってからずっと聴き続けてるんです。なぜかというと、自分の琴線に触れる音楽のある部分っていうのを発見したいからなんですね。ハイドンのボックスを買ったのも、ハイドンの後期のアンダンテが琴線に触れてすごく気に入っちゃったもんだから。ハイドンのカルテットといっても、僕は《皇帝》（弦楽四重奏曲第七七番ハ長調）以外はほとんど知らなかった。《皇帝》の第二楽章も琴線に触れたんで、ほかにもあるんじゃないかと思ってね。自分の琴線に触れる音楽ってそんなにたくさんはないんですね。それは理屈じゃなくて、単純なポップスの一節であったり、《マタイ（受難曲）》のコーラスのある部分にすごく感動したりするわけです。だから、そういうものを折に触れて聴き返すっていうことが、僕の音楽生活の一番切実な部分になってるんじゃないかな。

中地　音楽を聴くときに、「部分を取り出して何度も聴く」ということですが。

谷川　むかしはＳＰレコードがあったでしょ。片面を聴いてそこに自分の好きな曲があったらもうそれでいいみたいな。だから全曲を聴くってことはほとんどなかったんですね。それがＣＤになったら、いくらでも気に入った部分をリフレインできるわけ。それを繰り返して聴いているとやっぱり飽きますから、警戒しなきゃいけないんだけど、今でもその癖は抜けなくて、ハイドンの後期のアンダンテの気に入った部分を毎日のように聴いて、飽きてくると聴かなくなるってことを繰り返してますね。

中地　音楽のある箇所を繰り返して聴くことで、「音の調べ」「ことばの調べ」に対する感覚が形成されていくのではないでしょうか。

谷川　どうなんでしょうね。「琴線に触れる」っていうことばで音楽を語る人はほかにもいるし、詩をそういうことばで語る人もいるんだけど、自分にとってのそれは、ある音楽のこのフレーズとか、ある詩のこの行とか、そういうものだと思うのね。だから全曲を聴くのとは全然違う聴き方なんです。作曲家にとってそういう聴き方はよくないと思うけど、本を読んでいても気になる箇所にアンダーラインや傍線を引いたりするわけじゃないですか。

中地　おっしゃるとおりで、詩でも気に入ったフレーズを繰り返し読むことはよくありますね。琴線に触れたそのフレーズが、何か創造の源泉として蓄積されていくのかもしれません。

東京・杉並区の自宅にて

音楽のように

音楽のようになりたい
音楽のようにからだから心への迷路を
やすやすとたどりたい
音楽のようにからだをかき乱しながら
心を安らぎにみちびき
音楽のように時間を抜け出して
ぽっかり晴れ渡った広い野原に出たい
空に舞う翼と羽根のある生きものたち
地に匍《は》う沢山の足のある生きものたち

遠い山なみがまぶしすぎるなら
えたいの知れぬ霧のようにたちこめ
睫毛にひとつぶの涙となってとどまり
音楽のように許し
音楽のように許されたい
音楽のように死すべきからだを抱きとめ
心を空へ放してやりたい
音楽のようになりたい

芸術としての詩と音楽

構成と技術

中地　音楽の「部分」と「全体」というお話がありました。われわれ音楽に携わる者も、ここの小節、ここのフレーズというように取り出して練習したり、作曲するときも部分を考えることになります。ただ同時に、全体としてのまとまりというか、作品の全体像も作っていくことになります。詩にも音楽にも同じように、部分と作品の全体というものがあると思うんです。谷川さんが書かれていた文章の中に、詩というものが「瞬間的に世界を照らすもの」という内容がありました。これは、音楽の部分が琴線に触れるということとどこか似ていると思いました。谷川さんはふだん詩を創作されるとき、そういう部分的な瞬間があると同時に、一つのまとまりをもった作品にするということについて、どう捉えていらっしゃいますか。

谷川　部分と全体というような意識はあんまりありませんね。詩は短いから、長編小説とは全然違ってわりと簡単に全体を俯瞰できるわけですよ。たとえば今僕が朝日新聞の夕刊に月一回書いている〈どこからか言葉が〉という詩の欄には最大二十五、六行という制限がある。その中に自分でも思いがけない二行があるとか、そんな感じで書いているんですよ。

中地　長編小説と比べると、詩は全体を俯瞰できる長さであるから、谷川さんに向いていると。

谷川　そうですね、長編小説なんかが自分の資質としても絶対に書けない。

中地　むしろその瞬間的な文学として詩があるということですね。

谷川　そういう意味では詩は写真と相性がいいんですよね。写真も瞬間を捉えるでしょ。そういうところは自分に向いてると思いますね。

中地　それは私も谷川さんの作品から感じることがありました。ご自身で撮られた写真と詩が収められた『絵本』という写真詩集の復刻版（澪標、二〇一〇年）を拝見して、写真も瞬間だなぁと思ったんです。

詩と音楽には、イメージや瞬間を捉える「感性」の面がある一方で、「技術」という側面もあると思います。「生きる」が連詩というかたちでmixiで広がっていきました。詩の数行は自分でも書けるとみんな思うと思いますが、それを「生きる」という一つの作品にする「技術」というか、「構成力」というか、そういうものが必要かと思うんです。

谷川　技術っていうことばは現代詩にはうまく当てはまらないですね。構成力も、少なくとも僕の場合はあまり当てはまらない。そういう考えが前提にあって、それに則って詩を作っているのかといわれると全然そうじゃないんです。英語でいえばスポンティーニアス（自発的）というか、自然に生まれてくることばが最初にあって、そこから連想が広がって全体が形づくられていくというのかな。

中地　合唱講座の中でも「直感」というお話がありました。おそらくそれが先ほどの「瞬間的」なものへの視点であり、そこからことばが生まれるということでしょうか。先日の個展（二〇一八年一月十三日から三月二十五日まで東京オペラシティ アートギャラリーで開催された「谷川俊太郎展」）で「ことばあそびうた」のスケッチをたいへん興味深く拝見しました。響きが似たことばをいくつも並べて、そこから詩を紡ぎ出していくのはまさに職人技だと感じました。

谷川　たしかに「ことばあそびうた」には「技術」がありますね。でも現代詩にはそういう要素はほとんどないんです、僕の詩を含めて。「ことばあそびうた」は短歌や俳句とどこかで共通性がある。短歌や俳句には明らかに技術があって、師匠がいて結社があって、師匠や先輩たちに教わってうまくなっていくわけでしょ。そういう技術がないのが現代詩の特徴ですね。

中地　谷川さんが書かれた散文の中に、「依頼に応じて職人的に詩を作っている」というお話が何度も出てきました。「職人」といえばたしかな「技術」をもっているのかと思いますが、詩を依頼されて、そこから一つの作品を完成させていくにはそれなりの技術があるのではないでしょうか。

谷川　たしかに詩を書くことには技術的な側面はありますけれども、依頼された条件に応えるのは技術っていうよりも、一種の直感みたいなものでしょうね。たとえばある雑誌の何月号にこのくらいの分量で詩を書けっていわれたら、その条件を全部頭に入れて書くわけです。それは僕にとって技術とはいえないんです。この雑誌の読者層は三十代女性で、そういう読者に受けるようなことば、あるいは構造を考えることになるわけだから、それは技術だけじゃないのね。

中地　たしかに「技術」ということばでは不十分かもしれませんね。たとえば「生きる」という詩は「あなたの手のぬくみ　いのちということ」という一節で完結して読者が感動します。芸術には技術という側面もあると思うのですが。

谷川　それが技術だとしても、当人は全然意識してないし、まあ本能的な技術っていえばいいのかな。

中地　才能として技術が備わっているという感じでしょうか。音楽の技術は、どちらかというと身体的な要素が不可欠なので、ことばを紡ぐ技術やセンスとは異なる面もあるのでしょうね。

詩と音楽の形式

中地　音楽にはソナタ形式とか変奏曲など、さまざまな「形式」があります。谷川さんの詩の中にも音楽と共通するような形式、たとえばロンドとかリフレインのような形式で構成されている作品があります。詩の形式についてはどのようにお考えですか。

谷川　ちょうど昨日は「フーガ」っていう詩を書いてました。現代詩には基本的に形式がないから、そのつど自分で決めるしかない。簡単にいえばそういうことですね。僕はことばが垂れ流しになるのが嫌だから何らかの形にまとめたい。たとえば俳句には五七五っていう入れ物があって、そこにことばを入れれば作品が成立するわけですね。現代詩には伝統的な形式はないけれども、自分が詩を書いているときに、ここは五行三連でいきたいとか、そういう気持ちが出てくるのね。非常に主観的なというか、「即興的な形式」っていうものを考えているところはあります。

中地　作品に応じた形式に合わせて、ことばの並びを選択していく。

谷川　その意味では、形式を考えることは技術のうちに入るかもしれませんね。

中地　歌詞の一番、二番、三番というのも一つの形式ですし、谷川さんが若いころに書かれたソネット（『六十二のソネット』創元社、一九五三年）も一つの形式だと思います。

谷川　『六十二のソネット』は、別にソネットの形式を勉強したわけではなくて、ただ垂れ流しにしたくなくて書いてみたという感じです。これは僕の二番目の詩集ですけど、あのころから形がないと落ち着かないっていう気持ちがあったんでしょうね。

中地　画家のパウル・クレーには「赤のフーガ」など、音楽の形式と絵画を関連づけている作品がありますが、谷川さんが詩に音楽の形式を取り込むことにはどんな意図があるのでしょうか。

谷川　音楽が好きだからね。これはちょっとアンダンテだなとか、プレストだなとか、そういう速度を表す音楽のことばを借りたりすることもあるし、プレリュードとか、フーガとか、音楽用語を借りて題名を付けることはよくありますね。それは自分の中にある形式願望みたいなものですかね。

無言歌

――*dimentia senile*――

〈窓の外のあの樫の木の暗い茂みから、なんに驚いたのだろう、何百羽もの小鳥がいっせいに飛び立ったんだよ。

〈おじいちゃんはおそいねえ。わたしが眠ってる間に出かけたんですよ。わたしの頭をこづいてね、いってくるよって。

〈近ごろみんなどうかしている。わたしにかくれて何をこそこそやっているの。おかしくて笑ってしまう。

〈すぐこの先に広場があってね。焼きものを焼いていましたよ。よく散歩がてら見にいったもんだ。おかしいね、忘れたのかい。

〈わたしはいくつになったのかね。この年で眼も歯もおなかも頭もどこもなんともないんですよ。病気になる暇もないってことね。

〈窓の外のあの樫の木の暗い茂みから、なんに驚いたのだろう、何百羽もの小鳥がいっせいに飛び立ったんだよ。

〈呆けたら死んだほうがまし。そうなったときのために薬をとってあるの、戸棚の中に。まだ死ぬわけにはいかないけどね。

〈きれいな若い女の人なんですよ。いま、玄関で待っています。わたしはちっとも気にしてないけどね、変な世の中になったものね。

〈あなたはどなたでしたっけね。わたしは結婚せずに音楽をつづけるべきだったのかもしれません。先生もそうおっしゃっていた。

〈誰にも分りませんよ、わたしの気持なんか。どうしてなんて訊かないで下さい。腹が立ってしょうがない。

〈あなたが言ったのよ、わたしの背中でね、オオキナキって。家へ帰ってからもういっぺん言わせようとしても、どうしても駄目。

〈あの、あれはどこへいったのかしら、なんて言ったっけ、あれですよ。ほら、あれ、いつもそこにあるやつ。

〈ごめんなさい、ごめんなさい、もうしません、もうしません、あーん、あーん——なんてね、泣き真似上手でしょ。

〈窓の外のあの樫の木の暗い茂みから、なんに驚いたのだろう、何百羽もの小鳥がいっせいに飛び立ったんだよ。

…………

そうして母よ、あなたは夜になるとピアノの前に坐り、習い始めたばかりの幼児のようにたどたどしく、「主よ御許に近づかん」を弾く。

音楽の無意味性と抽象性

中地　音楽と詩の違いについて、谷川さんは音楽の「無意味性」と「抽象性」を指摘されています。ことばは世界を把握する一つの手段でもありますが、音楽はそれがないところに独自の価値があると。先ほどのお話にあった「詩が音楽的になる」「音楽的な詩」ということと、無意味性、抽象性との関係はどのように捉えられていますでしょうか。

谷川　抽象性っていうよりも、簡単にいえば「Nonsense」でしょうね。詩というのは意味と同時に「存在」を書こうとするっていえばいいのかな。哲学者の鶴見俊輔さんが、「Nonsense」ということばを話題にしたとき、「存在の手触り」っていう言い方をしたんですね。その言い方がすごく印象に残っていて。つまり、詩は意味の連関ではなくて、存在にどうやって触れるかっていうところで勝負していると思っているわけ。存在を書こうと思うと、どうしても意味を逸脱していく。だから、無意味であったり意味が通じなかったりすることばを使わないと、存在の手触りには迫れないと思っているんですね。

中地　今回新たに書いていただいた「合唱」という詩にある「宇宙の始まり」ということばは、「存在」の根源ということかと感じました。音楽が意味を超えるものとしであるというか……。

谷川　そうですね。音楽は人間がつくった意味に囚われずに存在に迫るものだと思いますね。

中地　先に触れた内田義彦さんとの対談で「音楽が抽象的であるだけに――いろんな他のジャンルで得た、あるいは得られる体験が抽象化されて入り込んでいて、そういう形で複雑で具体的な現実と連なっているような気がする……抽象的であるが故にその全体に浸透し、全体（芸術、学問、全部の領域）を統合するものとして音楽がある」（前掲書五九頁）という一節がありました。音楽に携わっている人間も、もう少しそのようなことを自覚すべきだと強く感じました。

詩人も音楽に携わる人間も、ある種の「美」を求めて詩を書いたり音楽を作ったり演奏したりしていると思います。美の追求は詩にも音楽にも共通する芸術としての側面だと思いますが、詩における「美」について、谷川さんはどのようにお考えでしょうか。

谷川　美しさって相当主観的なものだと思うけど、詩の場合には、ことばとして美しい、日本語として美しいものを考えますね。日本語の美しさって何かといわれると困ってしまうんですけども、ある単語と単語、そこに助詞が入ったり、形容詞が入ったりしてできあがってくる日本語のあるひとつながりが、自分にとって美しいかどうかってことはつねに意識にしています。

中地　朗読すると、そのときの自分の体調とか人間性といったものが表れてくるというお話がありました。音楽にもそういう面があって、体調が悪いときはそれが音や声に出てくることがあります。詩を書かれるときにもそういうことはあるのでしょうか。

谷川　学生さんを相手に朗読会をすると、「いい詩を書くにはどうすればいいですか」みたいなすごい質問がくるわけ。そういうときはしょうがないから「真面目に生きていくしかないんじゃない」っていうわけです（笑）。美っていうものにはどこかで人間の生き方が関係してる気がするんですよ。ある芸術家が酒飲みだったり女たらしだったりしても、その人が真面目に生きているんだったら、それは作品に表れるはずだって思うんです。あることばが美しくなったり醜くなったりするのはその文脈による。単語自体の美醜を問うことはできないわけです。単語自体の深さ浅さを問うこともできない。その単語が使われたときの文脈によってまったく変わってくるわけだから。

中地　谷川さんはかつて、文学者は結構「破綻型」の人が多いと書かれていましたが……。

谷川　僕は若いころ、放浪型じゃなくて建設型で生きていくみたいなこと言ってましたね。

中地　『プロテストソング』の中にも「せめてしっかりした字を書くことにする」とい

う一節があって、そういう日常の心のもち方に、その人の美意識の根源があるのかもしれないと思いました。

詩を書かないこと

中地　谷川さんは過去に、詩を書くことをセーブされていた時期があったそうですね。そのことを「沈黙の一〇年」と書く文芸評論家もいましたが、近年は精力的に作品を発表されています。詩作を再開されるきっかけは何だったのでしょうか。

谷川　ジャーナリズムは「沈黙の一〇年」みたいなキャッチフレーズを付けたがるけれど、そんなオーバーな話じゃありません。実際、沈黙していたわけではなくて『現代詩手帖』に書くようないわゆる現代詩は書かないでおこうと思っただけなんです。あの期間中に僕は『クレーの天使』を書いているんですよ。詩を書き始めたころは、詩を書いていることが後ろめたいっていうか、「詩なんて男の仕事じゃない」っていう気持ちがあったんです。そのころ、武満徹と一緒に００７とか西部劇なんかの映画を観ていて、曲を書いたり詩を書いたりするのは男じゃやねえな、みたいなことを二人で言ってたことがある。そういう人間の無言の行動みたいなものにどこかで引け目を感じてましたね。

中地　ちょうど詩を書くことをセーブされていたころ、東京学芸大学で開かれた日本オルフ音楽教育研究会に、賢作さんと一緒にお越しいただきました。その時期、谷川さんは朗読と音楽のコラボレーションを積極的にされていましたね。

谷川　そうそう。あのころは自分の結婚生活と関係があって。プライベートな話になりますけど、佐野洋子という人は日常生活ではすごい批評家で、僕は自分では気が付かない短所をずっと指摘されていた。僕は身近に批評家をもっていて贅沢だなと思っていたわけですけど、やっぱりそれが別れる原因の一つだったと思うのね。彼女は詩が好きだったのかもしれないけど、詩というものを尊重していなかったと思います。結果的に彼女と別れて、自分が佐野洋子に批評されたことをずっと考えていくうちに、しばらく詩から遠ざからないとまずいなと思ったんですね。「詩人の墓」という詩にそういう思いを抽象的に書きましたけどね。あの時期、自分の人間性が詩によって侵されちゃうような気持ちがあったわけです。でももちろん、生活のために詩を書かなきゃいけないわけだから書いてましたけど。

中地　音楽もやっていると、「もういいんじゃないか」と思ってしまうときがあります。芸術と向き合っているとそういう時期もあるのかと。

谷川　一種の自己批評は大事なんじゃないかと思うんだけどね。

みち　8

ひとばんのうちに
すべてのみちがきえてしまった！
おおきなみちもちいさなみちも
まっしろなゆきのしたに

みぎもないひだりもない
まえもなくうしろもない
どんなみちしるべもちずもない
どこまでもひろがるしろいせかい

どこへでもゆけるそのまぶしさに
こころはかえってたちすくむ
おおぞらへつづくひとすじのあしあとを
めをつむりゆめみながら

がっこう

がっこうがもえている
きょうしつのまどから
どすぐろいけむりがふきだしている
つくえがもえている
こくばんがもえている
ぼくのかいたえがもえている
おんがくしつでぴあののがばくはつした
たいいくかんのゆかがはねあがった
こうていのてつぼうがくにゃりとまがった

がっこうがもえている
せんせいはだれもいない
せいとはみんなゆめをみている
おれんじいろのほのおのしたが
うれしそうにがっこうじゅうをなめまわす
がっこうはおおごえでさけびながら
からだをよじりゆっくりとたおれていく
ひのこがそらにまいあがる
くやしいか　がっこうよ　くやしいか

芸術と教育

詩と音読

中地　斎藤孝さんの『声に出して読みたい日本語』（草思社、二〇〇一年）が世の中に広まってから、学校の国語科の授業でも音読、暗読、群読と、いろいろと声を出して読むことが増えてきました。

谷川　小学校へ行くと、子どもたちが僕の詩を読んでくれるのをよく聞きますね。僕が一番抵抗を感じるのは、みんなが声を合わせて読む「斉読」っていうやつ。みんなが声を合わせて詩を読むのは、『ことばあそびうた』（瀬川康男 絵、福音館書店、一九七三年）みたいな詩ならまあいいんですけど、一人の詩人が自分の感情を表している詩を声に出して読まれると、やっぱり違うものになっちゃうんですよ。その一番極端な例は、何年か前に「そっとうた」という『わらべうた　続』（集英社、一九八二年）に入っている詩を子どもたちが大声で読んだことがあったんです。「そーっと　そっと　うさぎのせなかに　ゆきふるように」と始まる詩です。だから僕は、声を合わせて読んでもらう詩はよっぽど考えて選んでくれないとまずいんじゃないですかって、ずいぶん言ったんですけどね。でも、小学校では子どもたちが元気に声を出すことがすごく大事だから、どうしてもみんな大声で詩を読んじゃう。

群読になると、一種の演出が必要になってくるわけですね。ここは男の子だけで読むとか、女の子だけで読むとか、受け渡しで読むとか、そういう構成が必要になってくる。それを先生が意識してくれれば、群読は面白いなって思いますね。

中地　カール・オルフの音楽教育では、ことばから音楽に近づく、ことばを音楽の根源にあるものとして捉えています。その中で群読のような「ことばの合唱Sprecchor」を行います。

谷川　西洋音楽の伝統の中では、朗読的なものが音楽のほうに流れていくのは可能だと思うけど、日本の伝統的な音楽では能の地謡になるとか、浪花節になるとか、講談になるとか、そういう動きになっちゃうわけですね。その意味では、明治以来の西洋音楽の輸入は、日本人の音楽観とか音楽感覚とかにずいぶん断絶的な影響を与えてますよね。

中地　『ことばあそびうた』の中には、五七調の伝統から離れて、洋楽的な拍に乗って進む詩もありますね。谷川さんの詩の根底には西洋音楽の影響があると思いますが、明治以降、日本で聴かれる音楽が変わったことで、新しい調べをもった詩もたくさん生まれてきたのではないでしょうか。

谷川　そうですね。

中地　学校で音楽を教えることによって、子どもが逆に音楽嫌いになってしまうことがあるという危険性が指摘されています。谷川さんは学校の授業で詩を扱うことについてどう思われますか。詩人の和合亮一さんとの対談（『にほんごの話』青土社、二〇一〇年）の中で、谷川さんは国語科教育に対してかなり厳しい意見もありましたが。

谷川　僕は学校嫌いですからね。学校制度そのものに自分の性が合わないんですね。突き詰めれば自分がひとりっ子だから、一人が基本ということがあるんだけれども、教育に関しては何も言えませんね。

　このあいだ、子どもについてエッセイを書いたときに思ったんだけれど、僕は親として子どもをしつけたり叱ったりした記憶がないんですよ。全部彼らの母親任せでね。だから子どもとは最初から友達関係になってました。良い悪いは別としてね。子どもたちも最初は「お父さん、お母さん」って言ってましたけど、ある時期から「俊太郎さん」とか、「あなた」とかって言うようになりましたね。だから子どもたちをどう育てたらいいかと訊かれたら、僕には全然答えられないんですよ。

中地　親子がファーストネームで呼び合うのは欧米風ですね。
谷川　アメリカの影響が明らかにありますね。
中地　谷川さんの個展にも展示された『こんにちは』（ナナロク社、二〇一八年）のあとがきに、学校にいると「ポエムアイが曇っちゃう」ということが書いてありました。そういう体験があったのでしょうか。
谷川　みんなと一緒に何かをやるってことが嫌なんですね。われわれの世代は戦時中に学校生活を送っていて軍事教練も経験していますから、そういうことにも関係があるかもしれない。とにかく自分は教育全般に向いてないなって思いますね。
中地　「ポエムアイ」とは、詩的なものが琴線に触れるということでしょうか。
谷川　「ポエムアイ」っていうのは、人間社会の中で見る見方、つまり政治経済に束縛されて一切の事象を見る見方とは関係なく、それこそ人間じゃないような視点ですべてを見るっていうことを漠然といってるんです。そういう見方はふだんの日常生活の中で許されることではないわけですね。藤原定家は「紅旗征戎吾が事に非ず」といっていて、僕は若いころからそのことばがすごく気に入っているんです。ようするに、自分が生きている世の中のことは俺には関係ねえぞっていうような言い方ね。教育も人間社会の中での出来事ですから、詩は基本的にそれとは次元が違うところにあるんですね。だから、教育の中で詩を教えるっていうのはすごく難しくて、たとえば詩を鑑賞して点を付けるというのは不可能なんじゃないかと思います。学校の授業で詩を扱ってもらってもいいんだけど、それは日本語という言語の中での鬼っ子的なものとして扱ってもらえるといいんじゃないかって思います。

中地　音楽教育にも音楽鑑賞があって、聴いた音楽を「根拠をもって言語で批評する」ことが授業でのあるべき方向性だといわれ始めています。その鑑賞の文章がこれくらい書けていたらAとか、そういう評価例まで作られることもあるんです。でも、それでは音楽と人間との関わりの本質から離れてしまうのではないかと危惧しますね。

講座の中で、合唱についても雑音が必要というお話がありましたが、声や音をきちんと揃えるのは、苦手という場合もあります。

谷川　そうですね、僕なんかはそういうところがありましたけど。子どもたちのいろいろな感じ方を保障していかないといけないとは思いますね。

中地　音楽の世界に、合唱に入っていきたいという気持ちになることが、まず大事ですね。

東京・杉並区の自宅にて

音楽

穏やかに頷いて
アンダンテが終わる
二つの和音はつかの間の訪問者
意味の届かない遠方から来て
またそこへ帰って行く

幻のようにか細い糸の端で
蜘蛛が風に揺れている
それを見つめているうちに

フィナーレが始まる
最後の静けさを先取りして

考えていたことすべてが
時の洞穴に吸いこまれ
人はなすすべもなく生きている
せせらぎのように清らかに今
世界を愛して

アンコール

谷川俊太郎への33の質問

谷川さんは、質問することでも、質問に答えることでも達人です。『33の質問』では、詩的な質問を通じて友人の芸術家たちと語り合い、『質問箱』では、悩める多くの人々の質問に優しく答えています。本書も、谷川さんが編者たちの質問に答える形で構成されています。最後に、音楽に関連する内容を含んだ『33の質問』にお答えいただきました。（編者）

＊〔　〕内は編者。

1

――人生を変えた音楽はありますか？

たくさんあるから特定の曲一つを挙げるのは難しいですね。僕にとって音楽は人生を変えたというよりも、つくったものと考えていますから。若いころはベートーヴェンの《弦楽四重奏作品一三五》とか、ピアノの《熱情ソナタ》(アパッショナータ)二楽章のヴァリエーション(変奏曲)とかですね。音楽の好みは年齢や自分の成長によってなのかはわからないけど、やっぱり変わっていくんですよね。バッハの《マタイ(受難曲)》もすごく好き。僕は母がピアノを弾いていたことから、《インヴェンション》とか身近に聴いてました。今はハイドンです。

2

——魔法で楽器が自由に演奏できるようになります。どの楽器にしますか?

自分がヴィルトゥオーゾ(名人)になるということですよね。何でしょうかねえ。もしかしたら自分で弾けるかもと思ったのはダルシマーという楽器なんですけれども、僕はダルシマーを弾けるようになりたいなあ。

3

——ピアニストになりました。何でも弾けます。どの曲を弾きますか?

やっぱりバッハでしょうね。特定の曲にこだわらず、バッハならなんでも。

4

——指揮者になりました。どの曲を指揮しますか?

前衛音楽で、指揮者が立ってるだけみたいのがあるじゃないですか。ジョン・ケージとか、そういうのをやりたい。立ってるだけで何もしないみたいな。そして、時々ちょっとサインをすると音楽が変わるみたいないなね。〔指揮者が時計の秒針のように手を一分間で一周させて時間を示す武満徹の図形楽譜による《コロナ》などでしょうか。〕そうそう。

5

――無人島に持っていく音楽（CD）は？

今だったらやっぱり太陽電池とiPadでしょうね。全部ストリーミングでなんでも聴けるようにしていくと思います。曲はiPadに入れないで、たぶん衛星からダウンロードできるんじゃないですか。〔一曲だとしたら？〕それは迷うんですよね。繰り返して聴かなきゃならないからね。《ユーモレスク》（A・ドヴォルザーク作曲）なんかいいかもしれない。

6

――無人島に持っていく本は？

本は持っていかないですね。

7

――転機となった自作は？

「タラマイカ偽書残闕」です。ああいう詩をあまり書かなかったから。

8

――詩人以外で、詩を読んでみたい人は？

たけし（北野武）の詩は読んでみたいですね。

9

――一緒に仕事をしてみたい故人は？

自分の境遇とかいろいろあるからなあ。自分の今の能力に合ってない人じゃダメでしょう？〔どんな方でもよいです。〕じゃあ良寛と一緒に遊びたいです。

10

――J-Popで気になった歌はありますか？

今井美樹の何だっけな、題名忘れちゃった。中島みゆきの『寒水魚』にしておきます。

11

――「ピーナッツ」の登場人物で一番近いと思うのは？

僕は、誰か一人じゃなくて、あれ全体で子どもだと思ってるから。でも強いていえばスヌーピーでしょうね。

12

――生活で心がけていることは？

無理せず、できるだけ規則正しく生活することを心がけています。

13

――最近よく観ているテレビドラマ（番組）は？

わりとイギリスの刑事ものが好きなんです。『刑事フォイル』っていうのが好きでＤＶＤを買いました。今『刑事モース』というのを観ています。それから『ベラ』っていうイギリスが舞台の女性刑事ものも好きですね。

14

――最期にもう一度観たい映画は？

今はだいたいＤＶＤで観られるからね。このあいだ『偉大なるギャッツビー』

の最初の版を探して観ました。『シェーン』っていう西部劇で主演だったアラン・ラッドがギャッツビーになってて、自分の中で思い出として美化していたんですね。それでどうしてもアラン・ラッドが観たいと思って観たんですけどがっかりしましたね。全然つまんなかった。

15

――最近「カッコいい」と思ったものは？

トヨタのヴィッツの一番新しいやつですね。

16

――最近「かわいい」と思ったものは？

このごろYouTubeで可愛い動物の動画を流してるじゃないですか。たしかウサギの子どもだったかな。

17

――好きな年齢に戻れます。何歳に戻りますか？

そうだね、だいたい戻りたくないんですけど、やっぱり0歳、生まれたばっかり。

18

——二十歳に戻りました。何をしますか？

自家用飛行機の免許を取りたいですね。でもそのころはお金ないかな。

19

——五十三歳に戻りました。何をしますか？

そのころはもうぎりぎりの年齢だろうから、世界旅行をしたいですね。それもあんまり楽じゃない、たいへんな旅行をしてみたい。

20

——好きなことばや文字はありますか？

基本的に、われわれ物書きは、単語とかことばっていうのを一種の「楽譜の一つ」みたいなものとして捉えてるんですよ、音として。たとえば、音楽家が「何かこの音が好き」っていうことはあんまりないと思うのね。どうですか？〔〜調が好きというようなことはありますけど……。〕けど、音符一つ、この四分音符が好きっていうのはないでしょ。それと同じように、言語を構成要素として捉えているから、好きとかはないんですね。ただ、「いい言葉ないか」って訊かれたときにはね、その時々に何か言ってますけどね。〔漢字はいかがでしょうか？〕漢字も同じですね。ただ、「一」っていう漢字は好きなんですけどね。なぜかっていうと、自分の名前が一だったらいいな、と思ってるからなんですよ。サインするのに時間がかからないから（笑）。

21

——詩・ことばが思い浮かばないとき、何をしますか？

ほかの事をしてますね。ビデオを観るとか散歩するとか。

22

——私に質問するとしたら？

結婚生活はうまくいってますか？

23

——学生に質問するとしたら？

愛する人はいますか？

24

——W・A・モーツァルトに質問できます。何を訊きますか？

あなたは、本当はサリエリのことが好きだったんじゃないですか？

25

――L・V・ベートーヴェンに質問できます。何を訊きますか？

ハイリゲンシュタットの遺書って本気で書いたんですか？

26

――宮澤賢治に質問できます。何を訊きますか？

玄米四合って食いすぎじゃないですか？（ちなみに谷川さんは？）僕は一合、今はね。

27

――最近スゴいと思った若い人は？

スポーツ選手でしょうね。将棋の人もすごいんですけどね。われわれの世界では別にすごい人はいないんですけど、スポーツの記録の世界、勝負事の世界はすごいと思いますね。

28

——最近スゴいと思った同年代の方は？

あんまりいないからねえ。なんか無名の人で、元気に仕事をしている人の記事を読んだんだけれど忘れてしまいました。とにかくわれわれの世界じゃなくて、普通の仕事で元気に働いている人はすごいと思います。

29

——一番美しかった風景は？

一つあげるなら、やっぱりグランドキャニオンですね。美しいというのとはちょっと違うんですけど、すごさが美しいというか。ヘリコプターで上から見たときの景色が印象に残っていますね。

30

——一番苦しかったときにしたことは？

布団被って寝てましたね。

31

——一番心に残っている詩は？　自作でも他作でもかまいません。

それも一つ選ぶのはたいへんなんだけど、プレヴェールの「夜のパリ」という詩が心に残っていますね。〔これは訳者がいるんですか?〕小笠原豊樹の訳でないとダメなんです。

32

――今の夢はなんでしょうか?

「元気に死ぬことだ」って僕は繰り返しているんですね。うちの父が本当に元気で死んだんですよ。前の日までパーティーに出ててね、翌朝起きてみたら、もう死んでたっていう人だから。「理想的な死に方だ」ってみんな言いますね。この隣りの部屋でしたね。〔谷川さんの「父の死」(『世間知ラズ』思潮社、一九九三年)、という詩があります。弔辞などいろいろな要素が入っていて、詩の枠をやぶったという印象が残ってます。〕リアルなものと夢みたいなものと、両方がこの詩の中にあるんですけどね。あの詩は、わりあいと評判になりましたね。

33

――また東京学芸大学に来ていただけますか?

うん、別にこっちの身体が元気ならいいですけれど。

〔ではまたの機会に、よろしくお願いいたします。〕

詩の出典　＊掲載順、出典は初出詩集。

〈合唱〉書き下ろし、二〇一八年三月
〈サッカーによせて〉『どきん』（和田誠 絵）理論社、一九八三年
〈ひみつ〉『はだか』（佐野洋子 絵）筑摩書房、一九八八年
〈死んだ男の残したものは〉『谷川俊太郎詩集 日本の詩人 17』河出書房、一九六八年↓『プロテストソング』（小室等との共著）旬報社、二〇〇八年
〈生きる〉『うつむく青年』山梨シルクセンター出版部、一九七一年↓響文社、二〇〇〇年
〈かなしみはあたらしい〉『子どもの肖像』（百瀬恒彦 写真）紀伊國屋書店、一九九三年
〈いなくなる〉『子どもの肖像』（百瀬恒彦 写真）紀伊國屋書店、一九九三年
〈天使、まだ手探りしている〉『クレーの天使』（パウル・クレー 絵）講談社、二〇〇〇年
〈信じる〉『すき』（和田誠 絵）理論社、二〇〇六年
〈やわらかいいのち 5〉『魂のいちばんおいしいところ』サンリオ、一九九〇年
〈春に〉『どきん』（和田誠 絵）理論社、一九八三年
〈愛 *Paul Klee* に〉『愛について』東京創元社、一九五五年↓『クレーの絵本』（パウル・クレー 絵）講談社、一九九五年
〈死と炎 *Tod und Feuer 1940*〉『夜中に台所でぼくはきみに話しかけたかった』青土社、一九七五年↓『クレーの絵本』（パウル・クレー 絵）講談社、一九九五年
〈合唱〉『十八歳』（沢野ひとし 絵）東京書籍、一九九三年↓集英社文庫、一九九七年
〈そのひとがうたうとき〉『どきん』（和田誠 絵）理論社、一九八三年
〈いるか〉『ことばあそびうた』（瀬川康男 絵）福音館書店、一九七三年
〈たいこ〉『いちねんせい』（和田誠 絵）小学館、一九八七年
〈音楽の前の……〉『シャガールと木の葉』集英社、二〇〇五年↓『聴くと聞こえる on Listening 1950–2017』創元社、二〇一八年

〈僕は創る〉『十八歳』（沢野ひとし 絵）東京書籍、一九九三年↓集英社文庫、一九九七年
〈音楽のように〉『対詩 1981.12.24〜1983.3.7』（正津勉との共著）書肆山田、一九八三年↓『聴くと聞こえる on Listening 1950–2017』創元社、二〇一八年
〈無言歌 —— *dimentia senile*〉『日々の地図』集英社、一九八二年
〈みち 8〉『どきん』（和田誠 絵）理論社、一九八三年
〈がっこう〉『はだか』（佐野洋子 絵）筑摩書房、一九八八年
〈音楽〉『私』思潮社、二〇〇七年↓『聴くと聞こえる on Listening 1950–2017』創元社、二〇一八年

合唱曲の出典　＊曲名、作曲者名、楽譜書名、出版社名、出版年の順。

〈サッカーによせて〉木下牧子『混声合唱のための「木下牧子 アカペラ・コーラス・セレクション」』音楽之友社、二〇〇三年
〈ひみつ〉鈴木輝昭『混声合唱とピアノのための「ひみつ」』音楽之友社、一九九九年
〈死んだ男の残したものは 武満徹『混声合唱のための「うたⅡ」』ショット・ミュージック、一九九四年
〈生きる〉三善晃『混声合唱曲集「木とともに 人とともに」』カワイ出版、二〇〇〇年
〈かなしみはあたらしい〉信長貴富『混声合唱曲集「かなしみはあたらしい」』音楽之友社、二〇〇九年
〈いなくなる〉山内雅弘『合唱名曲シリーズ』No.35所収、全日本合唱連盟、二〇〇六年
〈天使、まだ手探りしている〉山内雅弘『女声合唱組曲「天使のいろいろ」』カワイ出版、二〇一〇年
〈信じる〉松下耕『女声合唱曲集「そのひとがうたうとき」』カワイ出版、二〇〇五年
〈やわらかいいのち 5〉松下耕『混声合唱とピアノのための「やわらかいいのち」』カワイ出版、二〇一四年
〈春に〉木下牧子『教育音楽』（音楽之友社）一九八九年五月号初出、『混声合唱曲集「地平線のかなたへ」』音楽之友社、一九九二年

主要参考文献等　＊掲載作品の出典詩集・合唱楽譜を除く。

◎詩集・散文

谷川俊太郎『谷川俊太郎の33の質問』出帆社、一九七五年（文庫版 筑摩書房、一九八六年）
谷川俊太郎『タラマイカ偽書残闕』書肆山田、一九七八年
谷川俊太郎『わらべうた』集英社、一九八一年
谷川俊太郎『わらべうた　続』集英社、一九八二年
谷川俊太郎『世間知ラズ』思潮社、一九九三年
谷川俊太郎『谷川俊太郎詩集』思潮社、一九六五年（新装版 一九九三年）
谷川俊太郎『谷川俊太郎詩集　続』思潮社、一九七九年（新装版 一九九三年）
谷川俊太郎『モーツァルトを聴く人』小学館、一九九五年
谷川俊太郎『歌の本』講談社、二〇〇六年
谷川俊太郎『谷川俊太郎　質問箱』東京糸井重里事務所、二〇〇七年
谷川俊太郎（山田兼士編）『ひとりひとりすっくと立って』澪標、二〇〇八年
谷川俊太郎『生きる　わたしたちの思い』KADOKAWA、二〇〇八年
谷川俊太郎『こんにちは』ナナロク社、二〇一八年
谷川俊太郎『星空の谷川俊太郎　質問箱』ほぼ日、二〇一八年
谷川俊太郎・小室等『プロテストソング』旬報社、二〇一八年

◎対談・インタビュー

谷川俊太郎・内田義彦『対話　言葉と科学と音楽と』藤原書店、二〇〇八年
谷川俊太郎・和合亮一『にほんごの話』青土社、二〇一〇年
谷川俊太郎（聞き手＝中地雅之・塩原麻里）「詩はなくても生きていけるけれども音楽はなくちゃ生きていけない」『音楽教育実践ジャーナル』Vol. 12, No. 2、日本音楽教育学会、二〇一四年、六―二五頁

谷川俊太郎（聞き手・文＝尾崎真理子）『詩人なんて呼ばれて』新潮社、二〇一七年
谷川俊太郎（聞き手＝ロバート・キャンベル）「谷川俊太郎」『現代作家アーカイヴ2　自身の創作活動を語る』東京大学出版会、二〇一七年

◉絵本・写真詩集等

安野光雅・大岡信・谷川俊太郎・松居直編『にほんご』福音館書店、一九七九年
谷川俊太郎『絵本』的場書房、一九五六年（復刻普及版 澪標、二〇一〇年）
谷川俊太郎（元永定正 絵）『もこ　もこもこ』文研出版、一九七七年
谷川俊太郎（三輪滋 絵）『せんそうごっこ』ばるん舎、一九八二年（復刻改訂版 いそっぷ社、二〇一五年）
谷川俊太郎（大竹伸朗 絵）『んぐまーま』クレヨンハウス、二〇〇九年
谷川俊太郎『谷川俊太郎　詩と絵本の世界』（イラストレーション別冊）玄光社、二〇一四年

◉その他の文献・CD・DVD

北川　透『谷川俊太郎の世界』思潮社、二〇〇五年
佐野洋子「谷川俊太郎の朝と夜」『続続・谷川俊太郎詩集』思潮社、一九九三年、一五四―一五九頁
武満　徹『音、沈黙と測りあえるほどに』新潮社、一九七一年
谷川俊太郎・中地雅之『ことば・あそび・うた』ショット・ミュージック、一九九四年
日本オルフ音楽教育研究会編『オルフ・シュールヴェルクの研究と実践』朝日出版社、二〇一五年
四元康祐『谷川俊太郎学　言葉vs沈黙』思潮社、二〇一一年
小室　等『プロテストソング』フォーライフミュージックエンタテイメント、一九七八年（復刻CD、二〇一三年）
小室　等『プロテストソング2』フォーライフミュージックエンタテイメント、二〇一七年
『松下耕が描く　谷川俊太郎の世界』日本伝統文化振興財団、二〇一四年
『東京オリンピック』監督・脚本＝市川昆、脚本＝谷川俊太郎ほか、一九六五年公開（DVD　東宝、二〇〇四年）
『月光の夏』監督＝神山征二郎、原作＝毛利恒之、一九九三年公開（DVD　ポニーキャニオン、二〇〇六年）

コーダにかえて

中地雅之

谷川俊太郎氏の作品と音楽

本書は、日本を代表する詩人、谷川俊太郎氏の「創作」と「作品」を「音楽」という視点から捉えたものである。自らが述べているように、音楽は氏の創作において重要な位置を占めている。一方で、音楽――特に合唱曲において、谷川氏の作品は欠くことのできない存在である。本書は、「相思相愛」であるその詩と音楽をめぐる、「詩人と音楽家たちによるアンサンブル」である。

谷川氏は、「詩」を書き始める以前から聴いていた音楽が、自身の人生をつくったと述べている。音楽は、「なくては生きていけない」ものであり、無人島では本を持たずに、「太陽電池とiPadで（音楽を）全部をストリーミング」するという。「音楽にあこがれ」「音楽のようになりたい」という氏の作品が、音楽に携わる者を魅了するのは、むしろ当然のことかもしれない。

谷川作品の音楽性は、そのことばの組み合わせが生み出す、「調べ」と「文体」から生まれている。ことばは「楽譜のひとつ」という氏の言は、そのことを端的に表している。詩の美しさは、ことばの美しさであり、それは日本語のあるひとつながりによって生まれる、と氏はいう。現代詩における「音」の復権は、『ことばあそびうた』『わらべうた』から、一連のひらがな詩に一貫する、氏の創作の姿勢であり、身体に響く「音」としてのことばは、多くの音楽を生み出す源泉となっている。

一方で音楽は、谷川氏の作品を生み出す源泉にもなっている。「琴線に触れた音楽」からことばが、そして詩が生まれる。詩も音楽も、「言語以前」の意識下——魂とも呼べるところから生まれると、氏は語る。それらは、人間がつくった「意味」を超えて「存在」に迫り、「正反対なものを一つの世界にまとめ」る力をもっている——

本書の随所で、自身のことばによって氏の芸術観が語られている。

本書の構成と内容

本書は、「前奏曲」としての書き下ろしの新作「合唱」、合唱講座の記録とインタビューからなる五つの「楽章」、編者以外からの質問などの三つの「間奏曲」、「アンコール」としての谷川氏への「33の質問」から構成されている。さらに各楽章に、内容と関連した詩二十三篇が掲載されている。

第Ⅰ・Ⅱ楽章は、二〇一七年十二月五日に東京学芸大学芸術館　学芸の森ホールで行われた合唱講座の記録である。本学では、合唱曲の作曲者をお招きして、学生の演奏に対して自作曲のご指導をいただく講座を例年開催している。今回、谷川氏と何度かお仕事をさせていただいていたことから編者が氏に講師を依頼したところご快諾を得て、本講座が実現することとなった。講座当日には、平日の午後にもかかわらず、学内外から五〇〇名以上の来場があり、可動椅子を増設してもホールに入りきれず、ロビーのモニターで視聴いただいた方もいらした。編者の知る限り、本ホールへの最多来場である。講座では、学生の演奏を受けて、谷川氏から詩の背景に関するお話や朗読をいただき、さらに氏の創造や詩作の根底にあるものまでをも語っていただいた。素晴らしい時間と空間を共有する講座であり、朗読と合唱の「声」を本書でお伝えできないのが非常に残念である。不十分であった点など、今振り返ると冷や汗がでるが、講座終了直後に、即興的に浮かんだ本書出版の提案を、その場でご承諾いただいたのである。

第Ⅲ・Ⅳ・Ⅴ楽章は、後日谷川邸で編者が行ったインタビューから構成されている。第Ⅲ楽章は、合唱講座で取り上げられた詩に関して、さらにお話をいただいた。第Ⅳ楽章では、「声」という視点から「合唱」と「朗読」、さらに「静けさ」に関して語っていただいた。谷川氏と氏の親友であった作曲家・武満徹との創造に対する姿勢の共通点は、新たな発見でもあった。第Ⅴ楽章は、「芸術」という視点から「詩」と「音楽」についてお話いただいた。ここでは、編者が常に感じていた、谷川作品における「音楽性」について踏み込んでみた。谷川氏の芸術観もここで語られている。

二十四篇の詩について

巻頭に「前奏曲」として置かれた「合唱」は、本書で初めて発表される書き下ろし作品である。氏の作品には、音楽に関連する表題や内容を有したものが数多くあるが、「合唱」という題の詩は、十代に書かれた一篇しか見つけられない。氏の作品から多くの合唱曲が作られ、大勢の人に歌われていることを考えると意外であり、ふと新作の「合唱」を読んでみたいという気持ちが過った。不躾にも、その想いを記したお手紙をお送りしたところ、一週間ほどで何の前触れもなく本作が自宅に届いた。驚くとともに、その内容に心が大きく震えた。この詩に、今後多くの作曲家が合唱曲を書いていくに違いない。この合唱講座と出版を機に、「合唱」という新たな詩と、おそらく多くの合唱曲が生まれていくことは、予想もしなかった展開である。

第Ⅰ・Ⅱ楽章には、合唱講座で取り上げられた十篇が演奏順に掲載されている。講座では、詩の内容も考慮して演奏順を決定した。それぞれの詩に関しては、講座と第Ⅲ楽章で語られているので、そちらに譲りたい。

本書後半にはインタビューと関連して、編者が選んだ十三篇の詩を掲載させていただいた。第Ⅲ楽章には、スイスの画家パウル・クレーに関連した二篇を収録。第Ⅱ楽章で述べられているように、谷川氏はクレーの絵にインスパイアされた詩を若い頃から書いている。愛と死——無限のつながりと絶対的な孤独——の両極を、谷川氏はクレーの絵から生み出す。『クレーの絵本』は、編者にとって、合唱のみならず、岩手大学の卒業生や東京学芸大学の学生と共に国内外でパフォーマンスに展開させていただいた、想いの強い作品である。

第Ⅳ楽章冒頭の「合唱」(一九五〇)は、『二十億光年の孤独』と同じノートに記されていたデビュー前の作品。その後の谷川作品による合唱曲の出現を暗示するかのようである。「そのひとがうたうとき」は、歌のもつ力を書いたひらがな詩。複数の作曲家によって作曲されているが、松下耕先生を講師にお招きした合唱講座で、音楽教材研究ゼミの学生が演奏した一篇でもある。

「いるか」「たいこ」「音楽の前の……」の三篇には、「音の詩人」としての谷川氏の異なる表情が見られる。「いるか」は、同音異義語のイントネーションによって多様な意味を生み出す「ことばあそびうた」。国語教科書にも掲載されたことがあるが、編者が曲をつけた歌も教育出版の音楽教科書に掲載していただいた。「たいこ」は、「遂に音になってしまった詩」。和太鼓の口唱歌がそのまま詩になったラディカルな作品。ことばと声の身体性が感じられる自作朗読は必聴。「音楽の前の……」は、「静けさ」がテーマ。谷川氏の音に対する鋭敏な感覚から生まれた一篇。

第V楽章冒頭の「僕は創る」は、十八歳の詩人の創造へのマニフェスト。三好達治の「仔羊」を想起させるが、ことばは新鮮な若さに満ちている。「宮澤賢治の詩だけを食べて」の一行に、先達へのリスペクトと父・徹三氏の姿を感じる。特に学生諸君に読んでほしいと思い選んだ。

「無言歌」——歌謡的性格をもったピアノ小品——は、メンデルスゾーンからの借用。母の晩年の問題に、氏は作品の中で繰り返し向き合っている。第I楽章の「ひみつ」のエピソードを読むと、悲しみは一層深まる。

「みち 8」「がっこう」は、子どものための詩集に収録された、雪と炎の世界。子どもの詩でも谷川氏は、厳しい視線を失うことがない。教育制度に馴染めなかった氏の作品が、現在では広く学校で読まれ、歌われている。

「音楽のように」「音楽」は、谷川氏の音楽への愛に満ちた作品。これ以上に、音楽をことばで表すことはできるのだろうか。

謝辞

本書の出版は、谷川俊太郎氏の全面的なご理解とご協力によって実現した。合唱講座の出演から、インタビュー、詩の執筆と転載の許諾にいたるまで、編者の無理なお願いを「全て」聞き入れてくださった、氏の心の大きさに対し改めて感謝したい。また、合唱講座を企画・運営してきた横山和彦先生、山内雅弘先生、指揮の陣内俊生氏、演奏した学生に対しても改めて御礼申し上げたい。

　最後に、合唱講座の開催にあたりお世話になった方々のお名前を記して、感謝の意を表したい。学長・出口利定先生、繁田進先生、中島昭裕先生、石崎秀和先生、佐藤節夫氏、小峯康夫氏、井上礼子氏、秘書室と芸術・スポーツ科学系事務室のみなさま、小田直弥君、福島達朗君、池之上知久君、潘智惠さん、髙橋瑞樹さん、山中恵理子さん。また、音楽之友社『教育音楽』編集部より、雑誌グラビア用に撮影した合唱講座の写真を本書に掲載させていただいた。編集部および担当の角増柊氏のご厚意にも感謝申し上げたい。

　東京学芸大学出版会の藤井健志先生をはじめ、出版会のみなさんには、本書の企画・製作にあたり多くの労を取っていただいた。改めて感謝の意を表したい。

　多くの方の支えによってつくられた本書が、谷川俊太郎氏の作品と音楽を愛する人に広く読まれていくことを願っている。

付記
『谷川俊太郎合唱コレクション』文庫《声のオーロラ》について
合唱講座と本書出版がご縁で、谷川氏が所蔵されている合唱関連の楽譜が東京学芸大学に寄贈されることとなった。二〇〇種類以上の楽譜を収めた『谷川俊太郎合唱コレクション』が、今後本学附属図書館で閲覧できる予定である（詳細に関しては、同図書館のホームページで告知する。http://library.u-gakugei.ac.jp/）。
　併せて、谷川作品による合唱曲刊行楽譜のリストが、同ホームページに掲載される。当初本書に掲載する予定で作成を始めたが、予想以上に大規模なものになったため、ネット上での公開となった。合唱団での選曲に、音楽・文学の研究にご活用いただきたい。
貴重な蔵書をご寄贈いただいた谷川氏と、コレクションの受入れにご協力いただいた、同図書館長・川手圭一先生、綾部輝幸氏にも記して感謝したい。また、リスト作成とコレクション準備にあたった編者研究室ゼミ生の諸君にも感謝申し上げたい。

二〇一八年十一月

第二版の付記

谷川俊太郎氏は、二〇二四年十一月十三日に旅立たれた。改めて、貴重なお話と本書の作成にご尽力いただいたことを心より感謝するとともに、ご冥福をお祈りしたい。なお、前述の『谷川俊太郎合唱コレクション』文庫《声のオーロラ》は、二〇一九年十一月より東京学芸大学附属図書館二階開架コーナーで、楽譜・ＣＤなど五百点以上が参照できるようになっている。谷川氏の作品とそこから生まれた音楽が、今後も多くの方に読まれ、歌われ、聴かれることを願っている。

二〇二四年十二月

写真提供　音楽之友社『教育音楽』編集部（一五、五八、七九、八七頁）
東京学芸大学広報課（二九、五七頁）
撮　影　杉本文（一四三、一七九、二〇五頁）
編集協力　青山真以子　神野由布樹　稲田啓人　千葉のどか
陣内俊生　加藤愛　伊藤綾乃　高本ひかり
ＤＴＰ　大友哲郎
編集担当　竹中龍太

著者紹介

谷川俊太郎《たにかわ しゅんたろう》

一九三一年東京生まれ。詩人。一九五二年第一詩集『二十億光年の孤独』（創元社）を刊行。一九六二年「月火水木金土日の歌」で第4回日本レコード大賞作詞賞、一九八二年『日々の地図』（集英社）で第34回読売文学賞、一九九三年『世間知ラズ』（思潮社）で第1回萩原朔太郎賞、二〇一〇年『トロムソコラージュ』（新潮社）で第1回鮎川信夫賞、二〇一六年『詩に就いて』（思潮社）で三好達治賞、二〇一九年国際交流基金賞、二〇二二年「ストルガ詩の夕べ」で金冠賞、二〇二三年第75回ＮＨＫ放送文化賞など受賞・著作多数。詩作のほか絵本、エッセイ、翻訳、脚本、作詞など幅広く活動した。二〇二四年十一月没（享年九十二歳）。

中地雅之《なかじ まさゆき》

一九六四年東京生まれ。東京学芸大学音楽科教育学研究室教授、同アート・アスレチック教育センター長。東京学芸大学大学院、ザルツブルグ・モーツァルテウム大学大学院修了。音楽教育学で博士号を取得。岩手大学を経て現職。ドイツ語圏と日本の音楽教育に関する比較研究に従事し、またピアニストとしてリサイタルを定期的に行っている。主な著作・ＣＤに『ことば・あそび・うた』（谷川俊太郎 詩、ショットミュージック）、『おひさまのかけら』（はせみつこ 朗読、フォンテック）がある。現在、日本オルフ音楽教育学会代表、国際多元美学教育学会理事を務める。

声が世界を抱きしめます
谷川俊太郎　詩・音楽・合唱を語る

二〇一八年十二月十五日　初版第一刷発行
二〇二五年一月三十一日　第二版第一刷発行

編著者　中地雅之
発行者　藤井健志
発行所　東京学芸大学出版会
〒一八四―八五〇一
東京都小金井市貫井北町四―一―一
東京学芸大学構内
電　話　〇四二―三二九―七七九七
FAX　〇四二―三二九―七七九八

装丁・本文組　細野綾子
印刷・製本　シナノ印刷株式会社

ISBN 978-4-901665-55-1
Printed in Japan